Ludwig Steinherr · Judith

Allitera Verlag

LUDWIG STEINHERR

JUDITH

NOVELLE

Allitera Verlag

Originalausgabe März 2024
Allitera Verlag
Ein Verlag der Buch&media GmbH München

Layout, Satz und Umschlaggestaltung: Mona Königbauer
Gesetzt aus der Sabon und Dax
Umschlagmotiv: Reflex Productions, pixabay
Printed in Europe · ISBN 978-3-96233-446-8

Allitera Verlag
Merianstraße 24 · 80637 München
Fon 089 13 92 90 46 · Fax 089 13 92 90 65

Weitere Publikationen aus unserem Programm finden Sie auf
www.allitera.de
Kontakt und Bestellungen unter info@allitera.de

Für Terry Swartzberg

1

Wahnsinn!« Johanna schüttelt den Kopf. »Komm, Vincent! Schau dir das an!«

Er tritt hinter sie und blickt über ihre Schulter in die Schublade.

»Schau!«, sagt sie. »Sogar das Besteck ist noch dasselbe! Wie vor dreißig Jahren!« Sie kramt in dem billigen Blechbesteck mit den orangen Griffen.

»Ja!«, erwidert Vincent. »Wie alles hier! Komplett unverändert. Wie in einer Zeitkapsel aufbewahrt!« Er dreht sich um und weist mit großer Handbewegung auf die Einrichtung des kleinen Ferienbungalows.

Alles wirkt spartanisch: Der dunkelrote Fliesenboden. Die Rauputzwände in verwaschenem Ocker. Das Doppelbett. Der Schrank. Der weiße Plastiktisch mit den zwei weißen Plastikstühlen.

»Also vielleicht täusche ich mich«, sagt Johanna, »aber ich glaube, die Ameisenstraße hier die Wand rauf gab es damals auch schon …«

»Kann sein. Aber wolltest du das nicht? Korsika – genauso, wie wir es damals erlebt haben?«

»Ja«, sagt sie. »Du hast recht. Genauso hatte ich es mir eigentlich gewünscht. Die Ferien von damals noch einmal erleben. Aber wenn es dann eintrifft, ist man doch irgendwie schockiert.«

»Warum?«, fragt Vincent.

Johanna tritt auf die Terrasse des Bungalows, die direkt auf das Meer blickt. »Da!«, sagt sie und schüttelt lachend den Kopf. »Die Pinien! Die Yuccas! Der Feigenbaum! Die Korkeichen! Die Oleanderbüsche! Dasselbe Licht! Derselbe Geruch! Und immer noch – hier: diese komischen kleinen Samenkapseln oder was das ist, die einem ständig, wenn man durch den Sand geht, in die Zehen stechen. Als wären wir noch immer Ende zwanzig.«

»Ja, aber warum schockiert dich das? Das ist doch schön. Als wäre kein Tag vergangen. Wo findet man das schon?«

»Ja, Vincent! Aber es sind viele Tage vergangen! Tausende Tage! Jahrzehnte! Wir sind nicht mehr jung. Und irgendwie kommt mir das vor – ich weiß nicht ... Unheimlich! Ich trau mich fast nicht, den Schrank dort zu öffnen. Wahrscheinlich hängt da immer noch mein Bikini von 1993 drin!«

»Ach, komm, Johanna!«

»Ja, unheimlich! Wie ein Vorwurf gegen uns, weil wir uns verändert haben ...«

»Dir kann man es auch nicht recht machen.«

»Okay!«, sagt Johanna. »Ich geb es zu. Wahrscheinlich hat mich auch nur die Überfahrt auf der Fähre mitgenommen. Ich bin in letzter Zeit nicht mehr so ganz seefest ... Nein, du hast schon recht. Genau das hab ich mir gewünscht. Es ist fantastisch!«

»Übrigens«, sagt Vincent, der von der Terrasse dem Meer ein Stück weit entgegengegangen ist. »Ich kann dich beruhigen! Es ist nicht alles unverändert.«

»Was meinst du?«

»Da vorn! Der Strand! Erinnerst du dich denn nicht? Da waren damals doch weite Dünen. Hundert Meter Dünen. Da konnte man sich richtig verstecken – weißt du nicht mehr? Wir haben dort oft gelegen und gelesen und Picknick gemacht. Und jetzt beginnt das Meer gleich hier. Praktisch vor der Haustür ...«

»O Gott! Du hast recht! Wie kann das sein! Das ist ja gespenstisch ...«

Zu zweit gehen sie hinunter. Der Strand endet abrupt an einer zum Land hin nur kniehohen Mauer, von der auf der anderen Seite eine Holzleiter zwei Meter tief zum Meer hinabführt. Davor bloß ein schmaler Sandstreifen, den die Brandung je nach Laune freigibt oder überspült. Am rechten Ende der Mauer sind rotweiße Plastikbänder gespannt. Johanna und Vincent spazieren hinüber. Gelbe Schilder stehen zur Warnung da und zeigen ein stürzendes Strichmännchen: *Risque de chute*. Man sieht, dass die Fundamente der Mauer hier unterspült sind. Aus dem ausgewaschenen Sand ragen rostige Metallstangen hervor.

»Was ist da nur los?«, fragt Johanna.

»Ich weiß auch nicht. Meinst du, das hängt mit dem Klimawandel zusammen? Oder mit irgendeiner Strömung?«

»Keine Ahnung. Aber verrückt.«

***

Sie haben den Nachmittag verschlafen. Siesta gehalten, um den Jetlag, den sie gar nicht haben können, auszugleichen. Jetzt sind sie ins Meer gewatet, das heute starken Wellengang hat. Man kann nicht wirklich schwimmen. Nur in der Brandung auf und ab hüpfen. Das Wasser ist trüb und voller Algen. Als hätte es kürzlich ein Unwetter gegeben oder als stünde ein Unwetter bevor. Wenige Menschen liegen am Strand. Alle dreißig, vierzig Meter jemand. Ist der Seegang daran schuld, fragt sich Vincent, oder ist die Anlage so schwach ausgebucht?

Außer Johanna und ihm wagen sich bloß drei Jugendliche ins Meer, die sich gemeinsam an ein Surfbrett klammern und jedes Mal aufkreischen, wenn eine Woge sie überrollt.

Nach dem mutigen Badeversuch duschen die beiden sich an einer Brause zwischen den Bungalows ab und legen sich auf Liegestühle auf der Terrasse. Johanna liest in ihrem Milan Kundera träge ein paar Seiten. Klappt dann wieder zu und räkelt sich. Sie schaut aufs Meer, das sich jetzt beruhigt hat.

»Kaffee?«, fragt Vincent.

»Oh ja, bitte!«

Als er die beiden Bols mit dem heißen Nescafé bringt und dazu die große Tube dieser milchig-süßen Paste *Lait sucré*, die für ihn der Inbegriff von Frankreich-Ferien ist, atmet Johanna den Feigenduft tief ein und sagt: »Das Bad war gut. Auch wenn man nicht schwimmen konnte. Jetzt bin ich erst wirklich da. Du hast absolut recht! Alles ist ganz genauso, wie ich es wollte! Weißt du, ich habe das Gefühl, im Augenblick denke und sehe und höre ich in Zeitlupe. Ob man in Zeitlupe riechen kann, weiß ich nicht. Aber die Zeitlupe tut mir gut.«

»Ja, mir scheint auch, du bist jetzt angekommen«, erwidert er.

»Ich dagegen habe seit unserer Ankunft das Gefühl, überhaupt nichts zu denken. Vermutlich eine Art Selbsttäuschung. Aber wenigstens die Täuschung ist gut.«

***

Es ist Abend, und sie beschließen, am Strand essen zu gehen. Johanna hat sich schon umgezogen. Sie trägt jetzt ein weißes loses Kleid mit Spaghettiträgern und wartet draußen, während Vincent im Haus noch seine Schuhe anzieht. Von drinnen beobachtet er eine kurze Szene: Eine ältere, füllige Frau im roten Badeanzug kommt hinter Bambusstauden hervor und trägt eine Handschaufel, auf der etwas liegt. Johanna unterhält sich mit ihr eine Weile auf Französisch. Vincent versteht nur Fetzen. Ihm scheint nun, dass die Frau wohl auch nicht älter ist als sie beide. Da Johanna noch so jung aussieht, verschätzt er sich beim Alter häufig.

»Was war?«, fragt er danach.

»Seltsam«, sagt Johanna und schüttelt den Kopf.

»Was?«

»Die Frau hatte auf der Schaufel eine Taube ...«

»Tot?«

»Sie meinte, nein. Nur ohnmächtig. Oder schockstarr. Ich weiß nicht. Ihr Hund hatte sie gerade in ihrem Bungalow hinter dem Schrank aufgestöbert. Sie hat keine Ahnung, wie sie dorthin gekommen ist. Jetzt hat sie sie irgendwo im Gebüsch abgesetzt. Aber ich glaube, die Taube war schon tot. Die Frau wollte es sich nur nicht eingestehen. Alles sehr seltsam.«

Als sie die Anlage verlassen, kommen sie an einem mannshohen Holzgestell aus massiven Balken vorbei, an dem eine große dunkle Bronzeglocke hängt.

»Wozu die wohl dient?«, fragt Johanna.

»Wahrscheinlich nur zur Zierde«, sagt Vincent.

»Gab es die früher auch schon?«

»Keine Ahnung. Ich erinnere mich nicht.«

»*For whom the bell tolls*«, sagt Johanna.

2

Sie sitzen auf der Terrasse eines Strandrestaurants unter weißen Sonnenschirmen und auf Sesseln, die mit weißem Segeltuch bezogen sind. Sie haben Plätze direkt an der Brüstung ergattert. Es beginnt schon zu dämmern. Zwischen ihnen flackert eine Kerze. Die *Frutti di mare* waren vorzüglich. Der Kellner hat gerade ihre Teller abgetragen. Sie trinken korsischen Chardonnay und schauen aufs Meer hinaus und hören die Brandung. In der Ferne zieht ein erleuchtetes Kreuzfahrtschiff wie ein Sternbild vorbei. Poetisch bei aller Umweltzerstörung, denkt Vincent.

»Ich hab schon wieder vergessen, wie unfassbar schön es hier ist«, sagt Johanna.

»Ja, manche Dinge kann man sich nicht merken«, sagt Vincent. »Man vergisst sie immer wieder und ist immer wieder überrascht. Darum muss man immer wieder herkommen.«

»Glaubst du, das ist jetzt für den Rest unseres Lebens so?«, fragt Johanna.

»Was?«

»Ich meine, seit die Kinder quasi aus dem Haus sind. Glaubst du, das ist jetzt in alle Zukunft so – dass die Welt sich nicht mehr verändert. Dass die Welt immer gleichbleibt, nur der Strand wird kürzer …«

»Das klingt so depressiv. Dabei hast du doch eben noch gesagt, wie unfassbar schön es hier ist.«

»Ja, und das ist es auch. Unfassbar schön. Aber es ist hier immer so. Auch wenn du in München in der Schule unterrichtest und ich in die Kanzlei gehe. Hier ist es schön. Ob wir da sind oder nicht. Wir gehen und kommen wieder. Wir vergessen und erinnern uns. Aber im Grunde geschieht nichts Neues. Nichts Neues unter der Sonne … Bis die Glocke schlägt …«

Vincent lacht. »Na, komm!«

Aber sie lächelt nicht.

Sie schweigen eine Weile und Johanna schaut aufs Meer hinaus.

Plötzlich sagt sie: »Dieser Nostalgie-Trip war ein Fehler! Ich weiß: meine Idee. Ich hatte mir das falsch vorgestellt. Und es war auch Quatsch, ohne Auto zu kommen, bloß weil wir das in unserer Jugend so gemacht haben. Ohne Auto sind wir hier am Strand festgenagelt. Ohne Auto kommst du auf Korsika nicht weit.«

»Wir können ein Auto mieten«, sagt Vincent.

»Darum geht es nicht. Verstehst du? Vor dreißig Jahren war das hier für mich ein Zauberreich, aber jetzt ist es bei aller Schönheit nur ein x-beliebiger Touristenort. Man kann nichts wiederholen. Nicht einmal, wenn die Dinge selbst unverändert sind. Im Grunde macht es das sogar noch schlimmer. Diese ganze Reise …« Johanna vollendet den Satz nicht, sondern schaut nur wieder aufs Meer.

Vincent weiß, dass er jetzt besser nichts sagt. Johanna neigt gewöhnlich nicht zu Launen, aber seit der Ankunft auf der Insel ist sie in einer sehr wechselhaften Stimmung. Wenn sie so ist, können Worte nicht helfen. Aus dieser Stimmung kann sie sich nur selbst befreien.

Vincent wartet deshalb einfach ab und lässt seinen Blick schweifen. Gerade sieht er ein kleines Mädchen, vielleicht vier Jahre alt und mit langen braunen Haaren, die Treppe heraufsteigen. Als sie ihn anblickt, erschrickt er: Ihr Gesicht wirkt völlig zerstört. Augen, Lippen, Zähne wild durcheinander wie bei einem Picasso. Ein Unfall? Oder ist das seit ihrer Geburt so? Aber sie lächelt ihn an und hüpft lustig an ihm vorbei. Tanzt herum. Ausgelassen. Mit fliegendem Haar. Wie schön! Wie heiter! Und er lächelt ihr nach. Gerührt von ihrer hellen Aura.

»Warum lächelst du?«, fragt Johanna.

»Das Mädchen eben«, sagt Vincent.

»Ich hab sie nicht gesehen. Ich war zu sehr in das Meer vertieft. Oder in meine Gedanken …«

Im selben Augenblick nehmen zwei Tische weiter hinter Johannas Rücken neue Gäste Platz.

Ein Paar mittleren Alters. Jean-Paul Belmondo und Iris Berben, denkt Vincent spontan. Das ist ein Tick von ihm. Alle Leute mit Filmschauspielern zu vergleichen. Johanna ist davon immer furchtbar genervt. Sie wird richtig böse, wenn er seine Assoziationen laut ausspricht. »Bitte«, sagt sie dann jedes Mal. »Jetzt hast du mir wieder einen Menschen verdorben, bevor ich ihn mir unvoreingenommen anschauen konnte.« Wahrscheinlich hat sie recht. Aber er kann nicht anders. Und irgendwie kommt es ihm auch erhellend vor. Und so betreibt er dieses Spiel insgeheim weiter. Nur für sich.

Belmondo lehnt sich gerade lässig in seinem Sessel zurück, dass das Segeltuch knarzt. Er winkt dem Ober wie jemand, der in Restaurants zu Hause ist und überall den Chef kennt. Tatsächlich kommt der Ober mit vertraulichem Lächeln gelaufen und Belmondo legt ihm die Hand auf den Arm und nennt ihn Jacques. Den Rest genuscheltes Französisch versteht Vincent nicht. Dazu bräuchte er Untertitel. Jetzt lachen die beiden auf sehr französische Weise über einen Witz, den er nicht mitbekommen hat.

Iris Berben kaut unterdessen etwas gelangweilt auf ihrem Daumennagel. Sie sieht nicht wirklich wie Iris Berben aus. Etwas mysteriöser, findet Vincent. Sie ist nicht mehr ganz jung, aber immer noch deutlich jünger als die wirkliche Iris Berben. Die allerdings dennoch sehr jung aussieht. Die Frau ist jedenfalls sehr schön mit ihren dunklen Augen und den tiefbraunen Locken und in dem beigen Strandkleid, das aber nicht nur wie ein Strandkleid aussieht, sondern auch irgendwie künstlerisch. Ein anderes Wort fällt ihm nicht ein. Ja, sie ist wirklich sehr schön, wie sie dasitzt und auf das Meer hinausschaut und an etwas anderes denkt, während die Männer lachen – und Vincent bemerkt zu spät, dass er sie bei seiner Iris-Berben-Komparatistik wohl zu lange angestarrt hat, denn sie blickt nun offensiv zurück, weshalb er rasch wegschaut.

Doch obgleich er wegsieht, spürt er, dass sie unverwandt herüberblickt. Das irritiert ihn. Und mehr noch, aus den Augenwinkeln nimmt er eine entschlossene Bewegung wahr – ja, sie schiebt jetzt ihren Stuhl zurück, steht auf – und kommt tatsächlich zu ihrem Tisch her.

Was soll das werden? Vincent ist verwirrt von der Situation und erkennt nun, dass er nicht mehr ausweichen kann. Wegschauen wäre ein Schuldeingeständnis. Er hebt den Blick und schaut ihr entgegen, wie sie entschlossen auf ihn zuschreitet. Doch als sie den Tisch erreicht hat, legt sie von hinten ihre Hände auf Johannas nackte Schultern und sagt: »Du bist Hanna! Stimmt's?«

Johanna fährt erschrocken herum und runzelt die Stirn: »Ja?« Offensichtlich hat sie nicht den blassesten Schimmer, wer vor ihr steht.

»Nora!«

Johanna starrt.

»Deine Kusine!«

»Ach, Nora!« Johanna steht auf und umarmt sie mehr pflichtgemäß. »Tut mir leid. Es ist tausend Jahre her ...«

»Ja. Ich weiß. Zuletzt bei Onkel Helmuts Beerdigung in den Neunzigern. Wir waren beide noch ganz jung. Aber ich hab dich trotzdem gleich erkannt. Du hast damals einen Rieseneindruck auf mich gemacht.«

»Eindruck? Womit?«

»Du warst zehn Jahre älter als ich und sahst umwerfend schön aus und hattest die Haare genauso hochgesteckt wie jetzt.«

»Wirklich?«

»Ja. Wirklich!« Nora lacht. »Du hast dich erstaunlich wenig verändert.«

»Ach, komm!«

»Ich hab dich immerhin erkannt. Du mich nicht. Ich hab mich sehr verändert.«

»Nein, das war nur meine momentane Überraschung, Nora ...«

Sie lacht. »Versuch's gar nicht erst ...! Nein, ich hab mich wirklich sehr verändert ... Zum Beispiel heiße ich auch gar nicht mehr Nora.«

»Nicht?«

»Nein, Judith heiße ich jetzt.«

»Ist das dein zweiter Name?«

»Nein. Ich habe mich bewusst umbenannt. Um ein Zeichen zu setzen.«

»Welches Zeichen?«

»Dass ich Jüdin bin.«

»Jüdin? Du?«

»Ja. Jüdin. Du übrigens auch. Wusstest du das gar nicht? Ja, du bist Jüdin.«

3

Unfassbar«, sagt Johanna. »Wirklich. Unfassbar.«

Die vier sitzen jetzt alle um einen Tisch. Judith erscheint Vincent durch die unerwartete Nähe nicht entzaubert, sondern sogar noch mysteriöser, obwohl sie nur Alltägliches spricht. Jean-Paul Belmondo dagegen – ihr Mann – wirkt in Nahaufnahme etwas angegraut und zerknittert. Er ist ebenfalls Deutscher, heißt eigentlich Peter, hier aber Pierre und arbeitet im Tourismus. Gerade hat er bei seinem Stammkellner zwinkernd eine Flasche Champagner bestellt, um das unverhoffte Treffen zu feiern. Ihm scheint es Spaß zu machen, wie sehr sich seine Frau über die Begegnung freut.

Aber Johanna starrt nur unverwandt in die aufsteigenden Perlen in ihrem Glas. Sie schüttelt den Kopf. »Dass Mama nie ein Wort darüber gesagt hat. Bis zu ihrem Tod.«

»Sie wusste es wahrscheinlich nicht« sagt Judith. »Genauso wenig wie mein Vater. Niemand in der Familie hatte einen Schimmer.«

»Aber wie kann das sein?«, fragt Vincent.

»Na ja, ich hab es selbst erst vor zwei Jahren herausgefunden – und ich war genauso schockiert wie du, Johanna, dass niemand etwas davon gewusst hatte. Aber Oma war getauft und genau genommen war nur ihre eine Großmutter Jüdin. Trotzdem muss sie immer Angst gehabt haben. Man wusste ja auch nicht, was noch kommt. So hat sie Anfang der Dreißigerjahre Opa geheiratet – einen Katholiken, der keine Vorurteile hatte und die Nazis hasste. Sie zog mit ihm in seine Kleinstadt und fühlte sich so einigermaßen sicher. Aber natürlich sprachen die beiden zu keiner Menschenseele von ihrem Geheimnis. Nicht einmal zu den Kindern.«

Vincent, der sich eben daran gewöhnt hatte, dass Iris in Wahrheit Nora heißt, muss sich jetzt auf Judith umgewöhnen.

»Aber nach dem Krieg!«, sagt Johanna. »Da hätten sie doch sprechen können.«

»Wenn man ein Leben lang gewohnt ist, etwas zu verschweigen, spricht man nicht so leicht davon«, sagt Judith. »Und außerdem – glaubst du wirklich, all die Nazis in der Kleinstadt sind nach dem Krieg plötzlich allesamt begeisterte Judenfreunde geworden?«

»Wahrscheinlich nicht«, sagt Johanna. »Ja, im Grunde verstehe ich Oma und Opa schon recht gut.«

»Ich auch«, sagt Judith.

Wenn Nora oder Judith zehn Jahre jünger als Johanna ist, denkt Vincent, dann ist sie jetzt 48 Jahre alt. Doch wie ihre Kusine sieht sie deutlich jünger aus, als sie ist. Vermutlich die Gene. Jedenfalls hat sie auch die gleichen wunderbaren dunkelbraunen, fast schwarzen Augen wie Johanna. Wieso ist ihm das vorhin bei seiner Iris-Berben-Betrachtung nicht sofort aufgefallen? Vermutlich, weil er zu sehr auf Iris Berben fixiert war. Ja, wirklich. Die gleichen Augen wie Johanna. Jüdische Augen?

»Aber wie bist du dann darauf gekommen?«, fragt Johanna.

»Ich habe Briefe von Oma gefunden«, sagt Judith. »Wir hatten sie schon die ganzen Jahre nach ihrem Tod im Haus. Aber meine Eltern interessierte das nie. In unserer Familie gab es ja ohnehin keinen Zusammenhalt, das weißt du selbst. Seit Omas Tod waren alle wegen des Erbes zerstritten. Immer ging es nur um das Häuschen. Um das Bündel Briefe in Sütterlinschrift hat sich keiner je gekümmert. Das lag in einer Keksdose in einem Schrank mit altem Kram.«

»Nur dich hat es interessiert …«, sagt Johanna.

»Ja. Ich war schon immer sehr begeistert für Geschichte. Ich meine, ich selbst habe Oma ja gar nicht mehr gekannt. Zumindest nicht bewusst. Als sie starb, war ich zwei. Du warst zwölf – da hast du sicher schon einige Erinnerungen …«

»Ja, natürlich! Wir haben uns nicht oft gesehen, aber die Erinnerungen, die ich habe, sind sehr stark …«

»Siehst du! Bei mir war es anfangs nur ein ganz allgemeines Interesse für Familiengeschichte. Und vor drei Jahren geriet ich dann in eine Lebenskrise. Ich hatte damals einen Unfall …«

Pierre nickt ernst, was Judith zu stören scheint. Sie sagt rasch: »Na egal. Jedenfalls: Um mich rauszuarbeiten, habe ich dann zu töpfern begonnen und einen Kurs für biografisches Schreiben belegt. Und beim nächsten Familienbesuch in Deutschland, stellte ich Fragen und wühlte alte Kisten und Schränke durch. Und da hab ich dann die Briefe gefunden und gelesen ...«

»Du kannst Sütterlin lesen?«

»Ja. Hab ich mir selbst beigebracht.«

»Und was stand drin?«, fragt Vincent.

»Was ich schon sagte«, erwidert Judith. »Es waren Briefe von Oma und Opa aus den frühen Dreißigerjahren. Liebesbriefe, sozusagen. Er hatte eine Heiratsannonce gesetzt und sie als etwas spätes Mädchen hatte darauf geantwortet. Irgendwann waren sie sich nahe genug, dass sie begannen, über die Nazis zu schimpfen – und sie gestand ihm etwas verschnörkelt ihre jüdischen Vorfahren. Sie sprach von *Kreisen die heutzutage einer gewissen Verfemung unterliegen*. Und es gab noch andere Andeutungen. Ich musste selbst erst nach und nach begreifen, was damit gemeint war. Irgendwann war es klar. Danach hab ich dann noch in verschiedenen Archiven recherchiert und festgestellt, dass Omas Großmutter Jüdin war.«

»Moment!«, sagt Johanna überrascht. »Ich realisiere das erst jetzt – das heißt ja, wir beide haben nur eine jüdische Ururgroßmutter. Gilt das überhaupt noch?«

Erstmals mischt sich Pierre ins Gespräch, mit einem heiseren Lachen, als würde er immerzu *Gauloises* rauchen, und sagt: »Ja, das hab ich anfangs auch gesagt. Das sind ja eigentlich nur Spurenelemente. Aber!« Er hebt den Finger und weist auf Judith, die jedoch den humorigen Ton nicht aufgreift. Sie erwidert ganz ernst:

»Wir sind zwar vom Verwandtschaftsgrad her nur sehr entfernt Jüdinnen. Aber immer über die mütterliche Linie vererbt. Und für orthodoxe Juden zählt nur die mütterliche Linie. Jude ist, wer eine jüdische Mutter hat. Und da es bei uns ja von Mutter zu Mutter zu Mutter ging, sind wir zwei Jüdinnen. Wir könnten jederzeit einer jüdischen Gemeinde beitreten. Also bei den liberalen Juden sowieso. Da kann man auch ohne jede Abstammung einfach zum Judentum konvertieren. Aber bei den orthodoxen Juden kannst du nicht konvertieren. Du bist Jude oder nicht. Und wir beide sind es.«

4

Es ist spät. Die vier schlendern zum Parkplatz vor dem Restaurant, wo Judiths und Pierres Auto steht. Ein schwarzer Range Rover. Johanna und Vincent sollen zu ihrem Bungalow chauffiert werden. Eigentlich wollten die beiden im Dunklen am Strand entlangspazieren, das gehört in jedem Urlaub zu ihren romantischen Gepflogenheiten, aber weil Judith so drängte, lassen sie sich nun doch fahren. Die Ferienanlage, in der sie wohnen, das *Monte Cristu*, gehört zufällig einer Bekannten von Pierre.

Die zwei Paare haben sich im Gespräch neu gruppiert. Johanna geht neben Pierre her.

»Und wie lange lebt ihr beiden schon auf Korsika?«, fragt sie ihn gerade.

»Ich fast dreißig Jahre«, antwortet er. »Und Nora fünfundzwanzig Jahre. Sorry. Judith, meine ich. Ich hab mich noch immer nicht ganz dran gewöhnt.« Er lacht.

»Und die ganze Zeit habt ihr für Reiseunternehmen gearbeitet?«

»Ja, ich arbeite für Neckermann, seit ich auf die Insel kam.«

»Und Judith?«

»Judith ebenso – bis vor drei Jahren. Dann hatte sie ihre Krise. Na, das erzählt sie euch bestimmt alles noch. Jetzt ist sie ausgestiegen – gut, ab und zu macht sie noch was Kleines, übernimmt hie und da eine Reisegruppe, aber im Grunde ist sie ausgestiegen und arbeitet eher künstlerisch.

»Und ihr habt wirklich ein Haus in den Bergen?«

»Ja, da droben irgendwo. Inmitten der Macchia. Mit Meerblick. Wie man sich das so vorstellt. Wie im Touristenprospekt.« Er lacht heiser.

»Wahnsinn«, sagt Johanna. »Das kommt mir alles wie ein Traum vor.«

»Ihr müsst uns besuchen. Gleich morgen Abend«, sagt Pierre. »Ich hol euch mit dem Auto ab.«

Unterdessen geht Vincent neben Judith her. Fasziniert hat er bemerkt, dass auch ihr Profil dem von Johanna erstaunlich ähnelt.

Er sagt: »Und inwiefern hat das dein Leben verändert, dass du das nun mit der jüdischen Herkunft weißt? Ich meine, wenn du dich extra umbenannt hast, muss es ja große Bedeutung für dich gehabt haben ...«

»Absolut«, sagt Judith. »Das hat mein ganzes Leben umgekrempelt. Ohne Übertreibung! Es hat alles verändert. Verstehst du – ich war gerade in einer Krise. Ich fragte mich, wer ich eigentlich bin. Und plötzlich bekam ich diese völlig verblüffende Antwort. Wie aus einer anderen Welt.«

»Und was heißt das konkret?« Er ist noch immer verwirrt und berauscht davon, dass Judith, die beim ersten Blickwechsel im Restaurant eine völlig unerreichbare Fremde schien, nun unversehens in so vertraulichem Geplauder neben ihm spaziert. So nah ist sie ihm, dass er ihren ganz eigenen Duft riecht: Eine Mischung aus Parfum und einem Hauch von Blumenerde und Pinselreiniger.

»Das mit der Kunst weißt du ja«, sagt sie. »Ich habe begonnen, Elemente jüdischer Kunst in meine eigenen Werke aufzunehmen. Das fasziniert mich sehr. Diese ungeheure Bilderwelt. Ich kann dir gar nicht sagen, was für ein Geschenk das für mich ist. Künstlerisch. Spirituell. Als ob ich einen Schatz gefunden hätte. Sozusagen im Wüstensand. Und ich betreibe etwas Ahnenforschung und beschäftige mich mit dem Leben meiner jüdischen Großmutter. Vielleicht schreibe ich sogar ein Buch darüber. Irgendwann. Und außerdem – weißt du, ich war mein ganzes Leben nicht religiös. Ich konnte mit Religion nie etwas anfangen. Aber jetzt lese ich ab und zu in den Heiligen Schriften des Judentums. Ich war sogar einmal in der Synagoge, und das hat mich sehr tief berührt ...«

»Also bist du jetzt gläubig?«

»Nein, das wäre zu viel gesagt. Gläubig nicht. Aber es beschäftigt mich sehr ... Ich meine: Gott ... Selbst wenn man nicht an ihn glaubt ... Was für ein Gedanke!«

»Und Pierre macht das alles mit?«

»Ach, na ja ... Pierre ...« Sie zuckt mit den Achseln. »Pierre ist halt Pierre. Für ihn ist das alles eher Spinnerei ...«

»*Alors*«, ruft Pierre in diesem Moment. »Bitte alle Passagiere an Bord! Wir starten zum Nachtflug!«

***

Die kurze Autotour, die Vincent auf dem Rücksitz neben Johanna und hinter Judith verbringt, ist für ihn tatsächlich eine Raumfahrt durch die korsische Nacht. Er hört den Gesprächen der anderen nicht mehr zu, sondern gleitet nur an Steinmauern und Palmenschatten vorbei. Sieht südliche Häuser und Villen im Scheinwerferkegel auftauchen und entschwinden. Verkehrszeichen erscheinen wie metaphysische Botschaften. Vielleicht hat er ein wenig zu viel von dem fantastischen Wein erwischt. Er spürt es in den Kurven. Die Fliehkraft trägt ihn weit hinaus ins All. Und dennoch: Judith ist immer da. Die ganze Fahrt umfängt ihn ihre Nähe. Unter dem Spalt der Nackenstütze sieht er ein Stück von Judiths Hals und ihr dichtes schwarzbraunes Haar. Sie lacht gerade. Und er riecht ihren Duft.

***

Es ist Nacht. Johanna und Vincent stehen vor der Terrasse ihres Bungalows, schauen aufs Meer und lauschen in die Brandung, die eindringlich zu ihnen spricht. Auch der Wind in den Blättern erhebt seine Stimme.

Johanna sagt: »All das ist so unfassbar, Vincent! Es bewegt mich zutiefst ... Ich kann dir gar nicht sagen, wie sehr ... Heute Abend hab ich noch gedacht, mein künftiges Leben wäre nur eine einzige Wiederholung, es käme nichts Neues mehr – und nun das!«

»Ja«, sagt Vincent. »Judith hat auch so etwas gesagt. Und ich bin selbst irgendwie aufgewühlt.«

»Aber warum eigentlich?«, erwidert Johanna. »Warum bin ich so aufgewühlt? So stark, dass sogar du es spürst. Es ist doch eigentlich gar nichts geschehen. Ich meine, dieses Faktum, dass in meiner Ahnenreihe irgendwo jüdische Vorfahren sind. Eine jüdische Ururgroßmutter – was ändert das denn? Und trotzdem ist es so. Ich bin nicht nur bewegt, ich bin erschüttert … Ich kann es dir selbst nicht erklären. Aber es kommt mir so vor, als würde ich plötzlich etwas begreifen. Über mich selbst. Über die Welt. Über Gott. Über alles. Ich weiß auch nicht, wieso …«

5

Als Vincent am nächsten Morgen aus tiefem Verschollensein erwacht, ist es schon taghell. Er wälzt sich mühsam herum. Das Bett neben ihm ist leer. Nur das zerknüllte Laken liegt da. Die Tür steht weit offen und auf dem Boden sind nasse und sandige Fußspuren. Johanna muss also schon im Meer gewesen, zurückgekehrt und dann wieder ins Meer gegangen sein. Vincent bemerkt es mit Unmut. Warum hat sie ihn nicht geweckt? Auch die Nässe und der Sand nerven ihn. Ja, er erinnert sich wieder. Das hat ihn schon damals genervt. Dass die Fliesen eigentlich ständig nass und sandig waren. Wie man es auch machte, man hatte immer nasse und sandige Füße. Was soll's. Egal. Er hört gerade ein melodiöses Hupsignal. Richtig. Der Bäckerwagen. Kommt sogar der immer noch – mit derselben Fanfare? Vincent rafft sich empor und reibt sich übers Gesicht. Dann steht er mit einem Ruck auf. Er hat in T-Shirt und Unterhose geschlafen. Jetzt zieht er sich nur rasch die Jeans an, fährt sich durchs Haar, schlüpft in seine Sandalen und stolpert nach draußen. Eine wunderbar frische Meerbrise weht ihm entgegen. Die Sonne steht wie ein gleißendes Lichtdotter am Himmel – ein Stück weit über dem Horizont. Und ja – fern, fern da draußen schwimmt Johanna. Sie hat ihn eben erspäht und winkt ihm zu. Gut, dann holt er jetzt Croissants.

Als sie auf der Terrasse an dem weißen Plastiktisch im Schatten des Oleanders und einer Pinie frühstücken, sagt Johanna:

»Das war vorhin umwerfend. Ich habe den Sonnenaufgang miterlebt.«

»Warum hast du mich nicht geweckt?«

»Entschuldige. Ich dachte, du willst noch schlafen. Morgen wecke ich dich. Das musst du sehen. Das war wirklich atemberaubend. Ich habe daheim in München immer das Gefühl, die Sonne geht ganz unmerklich auf. So langsam, dass man die Bewegung nicht sieht. Aber hier über dem Meer kannst du praktisch zuschauen, wie sie auftaucht. Es kam mir wie im Zeitraffer vor, wie sie plötzlich an den Himmel rutschte. Wie ein lebendiges Wesen. Ich konnte das plötzlich verstehen. Diese Mythen vom Sonnenwagen. Und dass die Sonne etwas Göttliches ist. Aber dann auch wieder etwas ganz Handgreifliches, Physisches. Wie so ein Croissant.«

Sie lacht und beißt in den Blätterteig.

»Das gestern ...«, beginnt Vincent – aber er lässt den Satz unvollendet.

»Ja«, Johanna schüttelt den Kopf. »Schon unfassbar. Dass ich ausgerechnet hier meine verschollene Kusine wiedertreffe. Und dann die Sache mit der Jüdin. Aber ich hab mich schon wieder beruhigt. Wie gesagt. Es ändert ja im Grunde gar nichts. Ich weiß nicht, weshalb mich das gestern so umgeworfen hat. Wahrscheinlich nur die Überraschung. Du kennst mich ja. Ich liebe überschaubare Verhältnisse. Immer die vertrauten Dinge im vertrauten Rahmen ...«

»Gestern klang das aber ganz anders ...«

»Ja, gestern. Mein Gott. Ich war fertig von der Überfahrt. Ich musste mich erst akklimatisieren. Ich war etwas shaky. Und in diese Situation platzte dann noch Nora oder vielmehr Judith mit ihrer Eröffnung ... Das musste ich erst mal verkraften ...«

Sie nimmt einen großen Schluck Milchkaffee aus ihrem Bol. Dann wirft sie ihm einen verschmitzten Blick über den dicken Tassenrand zu.

»Und? Wie gefällt dir meine Kusine?«

Er macht eine vage Handbewegung, worüber Johanna lacht.

Sie sagt: »Sie hat die gleichen Augen wie ich. Das ist dir doch aufgefallen? Diese Augen werden in meiner Familie dominant vererbt. Diese jüdischen Augen. Meine Großmutter hatte die auch ... Dass sie jüdisch sind, weiß ich natürlich erst jetzt ...«

Vincent sucht nach einer Antwort. Dass Johanna denselben Gedanken hat wie er gestern, verwirrt ihn. Er fuhrwerkt mit seinem Messer in der Butter herum und platziert ein Stück so ungeschickt auf seinem Croissant, dass es herabfällt und er es noch einmal aufstreichen muss.

»Na ja, sie erinnert mich etwas an Iris Berben ...«

Johanna schlägt ärgerlich mit der Hand auf den Tisch: »Das ist doch nicht zu fassen! Dass du diese Schauspielervergleiche einfach nicht lassen kannst. Ich hab es dir doch tausend Mal gesagt, dass du mir damit die Menschen verdirbst! Das ist so, als ob du ihnen eine Maske aufsetzen würdest. Jetzt seh ich keine Judith mehr. Jetzt seh ich nur noch Iris Berben vor mir ...«

»Komm, so schlimm ist das doch jetzt auch nicht ...«

»Nein«, sagt sie nach einer Weile. »So schlimm ist es nicht. Entschuldigung. Es ist ja sowieso die Frage, was wir überhaupt sehen, wenn wir uns einbilden, dass wir die Menschen anschauen. Meine Oma zum Beispiel. Sie war nicht so oft zu Besuch bei uns. Und ich war zwölf, als sie gestorben ist. Aber was hab ich gesehen? Eine alte verhärmte Frau mit schwarzen Augen, die mir immer sehr streng vorkamen. Schon irgendwie beeindruckend, aber auch ganz fremd für mich damals. Und jetzt denke ich: Was hat diese Frau in ihrem Leben durchgemacht! Welche Ängste! Was hätte ich alles lesen können in diesem dunklen Blick, wenn ich nicht so blöd und ahnungslos gewesen wäre ...!«

»Du konntest ja nichts dafür. Wie hättest du das wissen sollen, wenn alle es verschwiegen haben ...«

»Ja. Ich konnte es nicht wissen. Das stimmt schon. Aber trotzdem. Es sagt doch einiges darüber, wie wir die Menschen anschauen. Wie wenig wir aus ihren Gesichtern lesen können. Und noch schlimmer: Was wir alles in ihre Gesichter hineinlesen, wenn wir sie zu kennen glauben ... Da ist es wahrscheinlich noch besser, wenn wir stattdessen ein x-beliebiges Schauspielergesicht vor uns sehen – da wissen wir wenigstens, dass wir uns täuschen ...«

»Ach, Johanna! Sei nicht so streng mit dir und der Menschheit überhaupt. Als Rechtsanwältin erlebst du das doch Tag für Tag. Wir müssen uns in den Menschen täuschen. Wie sollte es denn anders sein?«

»Ja«, sagt sie nachdenklich. »Wie sollte es denn anders sein ...«

6

Da sie heute Abend zu Judith und Pierre in ihr Berghaus eingeladen sind, beschließen die beiden, keinen Ausflug zu unternehmen, sondern einfach nur beim Bungalow zu bleiben und zu baden und zu lesen. Aber eigentlich ist die Einladung nur ein Vorwand fürs Nichtstun. Johanna und Vincent sind noch viel zu sehr beschäftigt mit sich selbst und mit den gestrigen Ereignissen, um an irgendwelche Unternehmungen zu denken.

Johanna liegt im Liegestuhl und blickt aufs Meer. Doch in Wahrheit sieht sie die Wellen nicht. Sie denkt noch immer fassungslos über die Eröffnung des gestrigen Abends nach. Vincent spürt ihr Versunkensein.

Und auch er selbst schaut aufs Meer, ohne es wahrzunehmen. Er sieht nur Judiths Augen.

So liegen die beiden am Strand nebeneinander und sind doch beide nicht da. Und jeder schaut auf sein eigenes Meer.

Am späten Vormittag klingelt drinnen Johannas Handy. Sie springt sofort aus dem Liegestuhl empor und läuft ins Haus.

»Ja. Hallo, Judith. Ja. Ja. ... Ja, natürlich. ... Verstehen wir doch. Ja. ... Alles klar. ... Dann bis morgen. ... Wir freuen uns ...«

Sie tritt ins Freie. »Die beiden können heute doch nicht. Pierre muss in irgendeine Ferienanlage, weil es Probleme gibt. Sie holen uns dafür morgen Mittag zum Essen ab.«

Vincent versetzt diese Absage einen schmerzhaften Stich. Er weiß nicht, warum. Er ist überrascht, wie tief enttäuscht er darüber ist. Abrupt rumpelt er aus seinem Liegestuhl auf und stößt dabei gegen den weißen Plastiktisch, sodass ein Wasserglas umkippt. Er kann es aber gerade noch fangen, bevor es vom Tisch rollt. Nur das Wasser verspritzt.

»Gute Reflexe«, sagt Johanna. »Was hast du denn so plötzlich vor?«

»Also wenn die beiden uns heute nicht einladen, geh ich jetzt noch vor zum Supermarkt, zum *Casino,* und besorge uns was zu Mittag. Baguette und Käse und Wurst oder so. Und abends können wir wieder den Strand entlang laufen bis zu dem Restaurant von gestern.«

»Alles klar. Aber du musst nicht bis zum Supermarkt. Da sind vorher noch so ein paar kleine Geschäfte.«

»Ja, stimmt. Ich schau mal.«

***

Vincent geht die Autostraße nach *Moriani* entlang, die von Straßenlaternen und riesigen Palmen gesäumt ist. Die Palmen sind wie hohe dünne Säulen, an denen oben jeweils nur ein Büschel von Blättern wie ein Kapitell sitzt.

Rechts liegt das Meer. Links erheben sich weite Hügel und bläuliche Berge mit ihren Kastanienwäldern und der Macchia. Da droben irgendwo in diesen Hügeln wohnt Judith. Wo kann das Haus sein? Was macht Judith wohl in dieser Sekunde? Als er den Blick über die fernen Höhen schweifen lässt, wird er von der Sonne geblendet.

Die Macht der korsischen Sonne überwältigt Vincent. Er ist nicht vorbereitet darauf. Natürlich hätte er sich die nackten Arme und das Gesicht mit Sonnencreme einreiben sollen. Wahrscheinlich gibt das einen Sonnenbrand. Soll er zurückkehren? Aber er entschließt sich, einfach weiterzugehen. Trotz allem genießt er dieses metaphysische Scheinwerferlicht. Ja. Er lebt wirklich vom Licht. Es kann ihm nie genug Licht sein.

Vincent denkt weiter an Judith. Sie hat etwas an sich, was er bisher noch bei keinem Menschen gesehen hat. Er kann es nicht benennen. Etwas Dunkles und etwas Fließendes. Und dann auch wieder etwas ... Ja, was? Etwas ... Handwerkliches ... Er findet kein anderes Wort dafür ... und etwas Offensives ... Vielleicht auch etwas Unberechenbares ... unberechenbar aus seiner Warte ... Oder auch aus ihrer eigenen Warte? Er hat keine Ahnung. Er weiß ja gar nichts über sie ... Aber umso mehr beschäftigt sie ihn ...

Da erblickt Vincent rechts, auf der Meerseite, eine Ansammlung mehrerer kleiner Häuser mit Geschäften, vor denen Autos parken. Am auffälligsten ist die Metzgerei, auf deren Dach die Skulptur einer lebensgroßen weißen Kuh prangt. Sie leuchtet in der Sonne wie das goldene Kalb. Daneben gibt es eine seltsame Boutique, die gleichzeitig ein Friseursalon und eine Art Antiquitätenladen zu sein scheint. Ganz vorne aber steht auf einem Ladenschild in mächtigen Lettern BOULANGERIE – PATISSERIE.

Genau die kleine Bäckerei, die Johanna wohl gemeint hat. Hier wird er Sandwiches für das Mittagessen bekommen.

Entschlossen biegt Vincent von der Straße ab und geht auf das Geschäft zu.

An einer Mauer bemerkt er ein Filmplakat in sanften Blautönen, auf dem ein junges Paar strahlt. Offenbar eine Liebeskomödie. Er schaut näher hin und entdeckt verdutzt: Es ist ein Wahlplakat. Die blonde Frau ist in Wahrheit die weichgezeichnete Marine Le Pen, die den korsischen Kandidaten ihrer rechtsextremen Partei so glückselig präsentiert wie ihren Verlobten. Vincent ist kurz verwirrt, als wäre er auf eine optische Täuschung hereingefallen.

Abrupt dreht er sich um und rumpelt dabei fast mit einer Frau zusammen – Judith! Selbst hinter der großen Sonnenbrille und in dem olivgrünen Hängerkleid erkennt er sie auf den ersten Blick.

»Ah, Vincent!«, ruft sie lachend, schiebt ihre Brille hoch und küsst ihn links und rechts auf die Wangen. »Kaufst du hier ein …?«

»Ja …«, stottert er in seiner Überraschung. »Nur eine Kleinigkeit … Baguette … oder Sandwiches … für das Mittagessen …«

»Weil wir euch so schmählich im Stich lassen! Tut mir sehr leid! Pierre hat diesen blöden Termin! Nervt ihn selbst endlos. Touristen haben sich beschwert. Ich hoffe, ihr seid nicht böse!«

»Aber nein … nein«, beeilt sich Vincent zu sagen, noch immer fassungslos über das Zusammentreffen. Ganz plötzlich Judith wieder so nah. Ihre Augen. Ihr Duft.

»Morgen Mittag klappt es wirklich hundertprozentig! Versprochen!«

»Ja, natürlich …«, stammelt er. »Wir freuen uns … Kaufst du auch hier ein?«

»Nein«, sagt sie. »Ich war nur schnell in dem Antiquitätenladen da.«

»Hab ich das falsch verstanden oder ist das zugleich ein Frisiersalon? Mein Französisch ist nicht so gut …«

Sie lacht. »Nein, das stimmt schon. Etwas kurios der Laden. Den führt eine Freundin von mir. Ich wollte ihr nur rasch etwas zeigen. Ich arbeite nämlich derzeit sehr eifrig. Schau!«

Sie hält ihm ihre Hände entgegen mit der Rückseite nach oben – große, schöne Hände, unter deren kurzgeschnittenen Fingernägeln man tonfarbene Ränder erkennt.

Vincent versteht den Zusammenhang nicht sofort – soll der Schmutz die Arbeit beweisen? –, aber er ist begeistert von der intimen Geste und der Vertraulichkeit, mit der sie das sagt. Sogar auf ihrem Kleid entdeckt er jetzt ein paar Flecken im selben Beigegrau.

»Willst du es auch sehen?«, fragt sie mit geheimnisvollem Blick.

»Ja«, sagt Vincent, obwohl er keine Ahnung hat, worum es geht.

»Schau!« Sie nimmt ihn mit der größten Selbstverständlichkeit bei der Hand und führt ihn über den Parkplatz zu ihrem in der Sonne glühenden schwarzen Range Rover. Dann öffnet sie die Heckklappe.

Im Laderaum steht eine große orange Plastikbox, in der ein Gegenstand in alte Handtücher eingewickelt liegt. Judith hebt das mysteriöse Ding behutsam hoch und wirft Vincent einen vielsagenden Blick zu, dann beginnt sie mit vorsichtigen Handbewegungen die Tücher von dem offensichtlich kostbaren Gegenstand zu entfernen. Sie steht dabei so dicht neben ihm, dass ihr Haar sein Gesicht streift.

Zum Vorschein kommt ein Objekt aus gebranntem Ton, weiß und blau bemalt. Eine Vase, denkt Vincent zuerst. Doch dann erscheint unter dem letzten Lappen ein Auge. Ein Gesicht. Eine ganze Büste: Ein bärtiger Mann mit Krone auf dem Kopf, der eine Art Leier oder Harfe hält. Der Mann wirkt gleichzeitig entrückt und nah, leidend und glücklich.

»Judith!«, ruft Vincent. »Das ist ja ... wunderbar ...«

»König David mit der Harfe!«, sagt Judith und schaut ihn an.

»Und den hast du selbst gemacht ...?«

»Ja. Und gerade vom Brennen abgeholt. Es gibt hier in der Nähe in *San Nicolao* eine *Poterie*, einen Töpfer, der netterweise alles für mich brennt ...«

»Du bist ja eine wirkliche Künstlerin ...«

»Na ja«, sie lacht, »Pierre meint zwar, dass ich ein bisschen zu sehr von Chagall abkupfere. Aber das ist mir egal. Es geht ja nicht um mich oder um irgendeinen Ehrgeiz. Es geht um König David. Oder?«

Mit diesen Worten stellt sie den Tonkopf behutsam zurück in die Plastikbox, lässt aber die Tücher noch weg, damit man ihr Kunstwerk weiter betrachten kann.

Vincent ist gerührt davon, wie glücklich Judith auf ihre eigene Schöpfung blickt. Er versteht, was Pierre meint. Und trotzdem. Ihm scheint, bei allen Chagall-Anklängen ist da etwas an dieser Plastik, das unverkennbar an Judith erinnert. Er könnte es nicht in Worte fassen, aber es ist da. Genau das Dunkle und Fließende, an das er vorhin gedacht hat. Und das Offensive. Und das Unberechenbare. Ja, irgendwie schaut ihn Judith aus diesen gemalten Augen an ...

So sagt er: »Also Judith – das ist König David. Aber *dein* König David. Da gibt es keinen Zweifel.«

Da umarmt sie Vincent heftig und küsst ihn auf die Wange. »Danke! Dass du das sagst, bedeutet mir sehr viel.« Sie tritt zurück und schaut ihm in die Augen. Nach einer Weile sagt sie plötzlich, als hätte sie einen Entschluss gefasst: »Willst du noch mehr sehen?«

»Wie mehr? Hast du noch mehr dabei?«

»Nein. Nicht dabei. Aber bei uns daheim in meiner Werkstatt.«

»Ach, morgen, meinst du ...«

»Nein, jetzt!«

Er sieht sie fragend an.

Sie nickt herausfordernd und lacht. »Ich kann dich schnell mit dem Auto mitnehmen. Das dauert eine Viertelstunde. Danach bring ich dich direkt zum *Monte Cristu* zurück.«

Vincent, geblendet von diesem unverhofften Geschenk, kann nur die Arme heben. »Ja, wenn das geht …«

»Geht. Ich lauf nur noch schnell in den Antiquitätenladen. Als ich dich traf hatte ich gerade den David ins Auto gehievt und wollte dann noch ein altes Kästchen holen, das meine Freundin mir geschenkt hat, und mich von ihr verabschieden. Das mach ich jetzt. Dauert nicht lang. Ich sag nur rasch Schalom!«

7

Judith ist zu Vincents Überraschung eine sehr rasante Autofahrerin. Als hätte sie schon Rallys mitgemacht. Wahrscheinlich muss man das auf Korsika können, denkt er, wenn man hier überleben will. Er sieht ihre nackten bräunlichen Zehen in den Sandalen, während sie flink und entschlossen die Pedale tritt. Sooft sie die Gangschaltung betätigt, klimpert an ihrem kräftigen Handgelenk das silberne Armband, an dem eine Art kleiner Amulette schaukelt.

Während der Fahrt wechseln die beiden keine tieferen Worte mehr. Judith kommentiert nur ab und zu knapp eine geografische Gegebenheit oder einen Ortsnamen oder ein Klappern im Kofferraum. Einmal deutet sie mit dem Finger vielsagend auf einen Wegweiser in die Berge: *Poterie!*

Trotz dieser Schweigsamkeit ist Vincent verzaubert von ihrer Nähe. Im hellen Mittagslicht sieht er deutlicher als gestern, dass sie nicht mehr ganz jung ist, aber ihre Schönheit berührt ihn umso tiefer mit diesem Hauch von Sterblichkeit. Vincent fragt sich, ob das an seinem Alter liegt, dass ihm Sterblichkeit nichts ausmacht – oder ob es umgekehrt ist: dass er trotz seiner Jahre noch zu unreif ist, um Sterblichkeit wirklich ernst zu nehmen.

Sobald der Wagen von der Hauptstraße nach *Bonifacio* rechts abbiegt, beginnt eine steile holperige Straße bergauf zwischen Macchia und Wäldern, die einem die Seele aus dem Leib rüttelt. Einmal laufen sogar Wildschweine vor dem Kühler vorbei. Zumindest hält Vincent sie für Wildschweine, aber es sind nur wilde Hausschweine, sagt Judith.

Schließlich halten sie vor einem kleinen weißen Haus – einem Neubau mit Flachdach, der völlig allein am Hang zwischen hohen Bäumen dasteht. Man sieht Yucca-Palmen, Pinien, Eichen und im Vorgarten eine gewaltige Agave. Wie ein urzeitliches Tier.

Judith zieht die Handbremse und beide klettern aus dem Auto. Katzen laufen ihnen entgegen, die sich sofort an Judiths nackte Beine schmiegen und von ihr ausgiebig gestreichelt werden. Vincent beobachtet gebannt diesen intimen Austausch von Zärtlichkeiten.

»Komm!«, sagt Judith schließlich und führt ihn durch die Gartentür auf einem Steinpfad zu einer Terrasse. »Schau!«

Sie blicken über einen Swimmingpool, einen mit Gras bewachsenen Hang und dichte Wälder hinweg. In der Ferne schimmert das Meer.

»Unglaublich«, sagt Vincent. »Ihr habt ja eine Aussicht ... mir fehlen die Worte ...«

Sie lacht. »Ja, schon schön. Aber eigentlich wollte ich dir etwas anderes zeigen. Komm!«

Sie gehen durch den Garten an einer hohen Pinie vorbei, deren Stamm wie von einem Nebel umhüllt scheint. Judith zeigt darauf: »Das sind Schädlinge. Leider. Eichenprozessionsspinner. Pierre versucht seit Wochen, sie loszubekommen. Er hat schon mit der Schrotflinte darauf geschossen. Zwecklos.«

Vincent lacht.

»Hier!« Sie deutet auf ein kleines Häuschen, das wie eine Garage mit Fenstern aussieht. Sie schließt die Holztür auf und führt ihn hinein. Dann dreht sie sich um und breitet die Arme aus. »Mein Reich!«

Eine Art Werkstatt oder Künstleratelier. Man sieht eine Töpferscheibe und einen Ateliertisch, auf dem eine offensichtlich frische Tonarbeit in feuchte Lappen eingeschlagen ist. Überall Töpferwerkzeug. Ein Bottich mit Ton. Farbtiegel. Blumentöpfe voller Pinsel. Vor allem aber ist auf Regalen, Tischen und am Boden eine erstaunliche Anzahl fertiger Arbeiten aufgereiht. Größtenteils schon bemalt und glasiert und gebrannt. Aber auch einige Plastiken, die noch trocknen. Man sieht hauptsächlich Köpfe und Büsten. Viele bärtige Männer. Aber auch Frauen. Daneben einige Vasen und Gefäße. Drei siebenarmige Leuchter. Einen Baum mit einem nackten Mann und einer nackten Frau – vermutlich Adam und Eva, wenngleich man weder Apfel noch Schlange entdeckt und die weibliche

Gestalt eher an die altsteinzeitliche Venus von Willendorf erinnert ...

Vincent ist von der Vielfalt verwirrt. »Also, Judith, ich weiß gar nicht, wo ich anfangen soll ... Du bist ja wahnsinnig kreativ! Was sind denn das alles für Gestalten? Personen aus der Bibel?«

»Ja, genau. Das meiste Figuren aus dem Alten Testament. Also Juden würden natürlich vom *Tanach* sprechen. Vor allem Propheten töpfere ich. Da Moses. Abraham. Jonah – das erkennst du am Fisch. Da Elija. Jesaja ...«

»Du kennst dich ja unglaublich gut darin aus ...«

Sie lacht. »Nein. Eigentlich gar nicht. Also ich hab jetzt nicht systematisch die Schriften des Judentums gelesen. Dazu fehlt mir der lange Atem. Ein paar biblische Geschichten kenn ich noch aus meiner Kindheit. Das meiste google ich einfach. Wenn ich einen Propheten machen will, google ich einfach *Prophet*. Und dann lass ich mich inspirieren. Aber ich nehm es nicht so genau. Einmal hab ich mir zwar eingebildet, ich müsste Hebräisch lernen, aber nach ein paar Stunden hab ich aufgegeben. Trotzdem gefällt es mir, die Buchstaben anzuschauen und manchmal schreib ich hebräische Worte auf meine Kunstwerke. Da zum Beispiel. Auf den Jonah. Ich weiß schon gar nicht mehr, was es bedeutet ...« Sie lacht. »Du hättest nicht zufällig Lust, mit mir Hebräisch zu lernen? Mit einem Lernpartner würde ich es vielleicht schaffen. Das wäre ein Ansporn ...«

Vincent lächelt. Er stellt sich vor, wie unfassbar wunderbar es wäre, mit Judith zusammen Hebräisch zu lernen. Nur sie beide in diesem Raum, der nach Judith duftet, an diesem Ateliertisch sitzend, über Blätter gebeugt und gleichzeitig diese uralten und geheimnisvollen Schriftzeichen malend ...

Sie sagt: »Von den siebenarmigen Leuchtern hat sogar einer genau genommen acht Arme. Aber ich finde, darauf kommt es ja auch nicht an. Oder?«

»Nein«, sagt Vincent. »Darauf kommt es nicht an.«

»Du bist Lehrer für Mathe?«

»Ja, Mathe und Physik«, erwidert er und spürt, dass es wie eine Entschuldigung klingt.

»Da kommt es schon so genau darauf an«, sagt sie.

Er lacht. »Ja, da schon. Obwohl. Je älter ich werde, desto mehr frage ich mich ...«

»Was fragst du dich?«

»Ich weiß nicht. Ob all das nicht so ähnlich ist, wie die hebräischen Buchstaben, die du auf deine Kunstwerke schreibst, ohne überhaupt zu wissen, was sie bedeuten ... Buchstaben. Zahlen. Am Ende geht es vielleicht nur darum, wie man sie so schreibt oder malt, dass sie schön aussehen ...«

»Klingt irgendwie gar nicht nach einem Mathematiker.«

»Nein. Vielleicht bin ich auch kein richtiger ...«

»Oder gerade ein richtiger ...«

Er lacht und zuckt mit den Achseln. Aber er fühlt sich, als wäre sein ihm selbst schon lange zweifelhaftes Lebenswerk soeben mit dem großen Judith-Preis gekrönt worden.

»So«, sagt Judith. »Dann fahre ich dich jetzt wieder runter zum *Monte Cristu*. Morgen Mittag sehen wir uns ja eh. Sag mir schnell noch – welche Farbe würdest du für diesen Amos nehmen?« Sie deutet auf einen Tonkopf, der gerade trocknet. »Rot oder Blau oder Violett oder Grün?«

»Grün.«

»Ja, dachte ich auch. Erstaunlich.«

»Was?«

»Dass du das spontan genauso siehst ...«

Als sie die Tür abschließt, blickt Vincent wieder auf ihre Hände mit den schmutzigen Nägeln. Was für kräftige und wunderbare Hände! Johanna ist eher ein Kopfmensch, denkt er, und Judith ein Handmensch.

Laut sagt er: »Das Arbeiten mit den Händen macht dir Spaß.«

Sie legt ihm ihre große rechte Hand auf die Brust und sagt: »Du kannst dir gar nicht vorstellen, *wieviel* Freude es mir macht.«

»Ach«, sagt sie über die Schulter, als sie vor ihm auf dem Steinweg zum Gartentor schreitet. »Es ist vielleicht besser, wenn dieser kleine Ausflug unser Geheimnis bleibt. Es schaut sonst vielleicht blöd aus. Nicht dass das ein Thema wäre, aber trotzdem ...«

8

Da bist du ja!«, sagt Johanna. »Ich dachte schon, du wärst von korsischen Separatisten gekidnappt worden!« Sie reckt sich im Liegestuhl auf der Terrasse und blickt ihn über ihr aufgeklapptes Buch hinweg an.

»Entschuldige, es war nur …«

»Nein, nein! Nicht schlimm. Ich hab mich hier blendend amüsiert. Ich war fast die ganze Zeit im Meer. Und den Rest hab ich mit Kundera verbracht. Also alles bestens. Was gibt's denn zu essen?«

»Ach, ich dachte … Ich wollte etwas kaufen, aber mir fiel dann ein, dass wir eigentlich noch genug im Kühlschrank haben …«

Sie starrt ihn an.

***

Es ist Nachmittag. Die Schatten werden länger. Johanna geht nachdenklich auf der Terrasse auf und ab und schaut aufs Meer. In der Ferne sieht man einen Viermaster ziehen. Mit der Langsamkeit eines großen, tiefen Gedankens. Und Johanna folgt diesem Gedanken beharrlich und geduldig mit ihrem Blick.

Währenddessen liegt Vincent nun im Liegestuhl und versucht, *The Great Gatsby* zum dritten Mal zu lesen, weil dieser Roman sich in den letzten Jahren als Urlaubslektüre für ihn bewährt hat. Er hat kein Problem damit, sich immer wieder dasselbe Buch vorzunehmen. Das vermittelt ihm sogar ein behagliches Gefühl von Kontinuität – und er kann auch so langsam lesen, wie er will, da er das Ende ohnehin kennt. Aber diesmal kommt er überhaupt nicht weiter. Er liest nur immer wieder denselben Satz.

Was er auch macht, er muss an den Vormittag mit Judith denken. An König David. An Judiths große schöne Hände mit den schmutzigen Fingernägeln. Immer wieder erlebt er diesen Augenblick, wie sie beide vor dem offenen Kofferraum standen. So nah, dass ihr Haar ihn streifte und dass er ihren Atem spürte. Er sieht ihre Freude und ihren Stolz, als sie den Tonkopf aus den Tüchern auspackt. Und dann diesen gleißenden Moment, als sie ihm um den Hals fällt und ihn küsst. Vor Begeisterung, weil er sie versteht ... ja, weil er in ihrem König David ihre eigenen Augen erkennt ... So nahe ist er ihr ... so nahe ...

Plötzlich ein Schatten. Vincent erschrickt unverhältnismäßig. Ein großer, schwarzer, zottiger Hund steht reglos neben ihm und schaut ihn an.

»Keine Angst!«, sagt Johanna. »Das ist nur Noir!«

»Noir? Woher kennst du seinen Namen?«

»Ach, der war heute Vormittag schon ein paar Mal hier. Der gehört einem der Betreiber dieser Anlage. Mit dem Mann hab ich vorhin gesprochen. Also eigentlich hatte der Hund zwei Herrchen, die aber beide vor kurzem gestorben sind. Seither ist Noir etwas seltsam. Heimatlos. Er findet sich nicht zurecht.«

Vincent streichelt den Hund, der es dankbar hinnimmt. Dann geht Noir zu Johanna und lässt sich von ihr streicheln. Schließlich dreht er sich um und trollt sich wieder, wobei er merkwürdigerweise durch einen kleinen Flecken von hohen Schilfpflanzen hindurchraschelt, obwohl er leicht drumherum gehen könnte.

»Der Hund ist ja wirklich etwas daneben«, sagt Vincent.

»Da geht es ihm wie mir«, sagt Johanna.

»Dir?«

»Ja. Ich habe heute viel nachgedacht. Die Sache mit der jüdischen Abstammung. Das beschäftigt mich nun doch sehr ...«

»Heute früh meintest du, es wäre gar nicht so bedeutsam ...«

»Ja, ich weiß.«

»Und warum beschäftigt es dich nun doch?«

»Diese Idee, dass man allein durch die Abstammung zu einer Religionsgemeinschaft gehört ... das ist mir eigentlich völlig fremd ... Du weißt ja, ich bin eher ein Kopfmensch ...«

»Ja. Eben.«

»Aber gerade darum hat diese Idee auch etwas sehr Verführerisches. Verstehst du – der Gedanke, dass du dich gar nicht zu etwas entschließen musst. Dass du nicht groß überlegen musst, was du nun glauben willst oder kannst und was nicht ... Du bist einfach dabei ...«

Vincent lacht. »Ja, und ich bin einfach draußen ...«

Johanna schaut auf und blickt ihn ernst an: »Irritiert dich das? Fühlst du dich ausgeschlossen?«

»Nein, nein,« sagt Vincent. »Das macht mir nichts. Ich nehme das nicht so ernst ...«

»Ich meinte das nur im positiven Sinne«, sagt Johanna. »Nicht ausschließend ...«

»Ja, ich versteh schon. Keine Sorge.«

***

Gegen sechs Uhr bekommen die beiden Hunger. Das Mittagessen war aus den bekannten Gründen nicht sehr üppig. Für das Abendessen ist es fast noch zu früh. Also beschließen Johanna und Vincent, ganz gemächlich zu demselben Strandrestaurant wie gestern hinüberzuspazieren. Dort war es sehr schön.

Sie halten sich an den Händen und schlendern, während sie die Schuhe tragen, barfuß in der Brandung, die ihnen wie ein riesiges Tier immer wieder über die Füße leckt. Ab und zu bespritzt die Gischt sogar wie in plötzlichem Übermut ihre Waden. Man tritt auf Sand und Steine. Vermeidet Tang und Treibholz. Der Abend ist wunderbar. Stoßweise kommt Wind auf, der Johannas loses Leinenkleid und Vincents weißes Hemd flattern lässt. Er legt seinen Arm um sie und küsst ihren Hals. Er fühlt tiefe Zärtlichkeit für sie. Seine Gedanken an Judith scheinen diese Zärtlichkeit eher zu steigern. Er begreift selbst nicht, wie das möglich ist. Ein wenig hat er auch Schuldgefühle. Obwohl ja nichts geschehen ist. Doch vor allem empfindet er Zärtlichkeit für Johanna, was diese gar nicht zu bemerken scheint. So sehr ist sie vertieft in ihre Betrachtungen ...

»Irgendwie kommt mir das vor wie mit dem Meer«, sagt Johanna unvermittelt.

»Was?«, fragt Vincent.

»Entschuldige. Ich bin noch immer beim selben Thema. Das mit dem Judentum. Und der Abstammung. Und Gott. Das kommt mir vor, wie wenn man hier am Meer entlangspaziert.

Und es spielt überhaupt keine Rolle, was man denkt oder sagt. Und ob man überhaupt das Meer bemerkt oder die Gedanken bloß schweifen lässt Das Meer ist einfach da. Gott ist da. Egal, ob du an ihn glaubst. Das ist so … entspannend …«

»Entspannend?«

»Ja. Vielleicht das falsche Wort … ich weiß nicht … Nein, wenn ich es mir recht überlege: Entspannend ist genau das richtige Wort. Es ist entspannend …«

»Das klingt schön.« Wieder küsst er ihren Hals, was sie hinnimmt, ohne darauf einzugehen.

»Ja«, sagt sie. »Ist auch schön.«

»Klingt, als ob Religion ein Strandurlaub wäre …«

»Nein, das ist sie natürlich nicht …«

»Das war jetzt nicht als Kritik gemeint.«

»Mir ist schon klar, dass es bei Religion auch um ganz andere Tiefen und Gewalten geht … aber manchmal kann sie auch wie ein Strandspaziergang sein, denke ich mir …«

»Gefällt mir. Das wäre ein guter Werbeslogan für Religion. Zumindest, wenn man mich als Kunden gewinnen wollte.« Er küsst ihre nackte Schulter und nun lächelt sie ihn an.

9

Sie sitzen wieder auf der Meerterrasse vor dem Restaurant – sogar auf denselben Plätzen wie tags zuvor, direkt an der Brüstung, von der nur wenige Meter entfernt das Meer tost. Sie haben wieder Spaghetti mit *Frutti di Mare* gegessen und trinken den korsischen Weißwein.

Alles wie gestern, denkt Vincent, nur wir beide sind völlig verwandelt. Er schaut Johanna an, die seit dem letzten Abend entrückt scheint. Als gehörte sie einer anderen Welt an. Das berührt ihn. Dieser Ernst und diese Tiefe. Wie sehr Johanna von dieser Nachricht erschüttert ist. Hätte er an ihrer Stelle ebenso reagiert? Sicher nicht. Er hätte es interessant gefunden, jüdische Vorfahren zu haben. Aber mehr nicht. Für ihn wäre es eine Anekdote geblieben. Dagegen Johanna. Was sagte Judith gestern? Die Eröffnung über ihre jüdische Abstammung hätte ihr Leben völlig umgekrempelt. Und nun hat Judith Johannas Leben völlig umgekrempelt. Und ebenso Vincents Leben – wenn auch auf völlig andere Weise …

»Ich würde so rasend gern die Briefe meiner Großmutter lesen«, sagt Johanna. »Ich werde Judith morgen darum bitten, dass sie mir die Briefe ausleiht – oder wenigstens zeigt.«

»Ja, ich versteh schon, dass du gern mehr über das Leben deiner Großmutter erfahren möchtest.«

»Über ihr Leben. Ja. Auch. Vor allem aber darüber, wie ihr Verhältnis zur Religion war … Ob sie sich noch irgendwie als Jüdin gefühlt hat …«

»Also wenn ich Judith recht verstanden habe, war sie ja getaufte Christin. Überhaupt ihre Familie schon seit Generationen. Ich kann mir nicht vorstellen, dass es da noch jüdische Spuren in ihrem Glauben gab. Falls sie überhaupt etwas geglaubt hat.«

»Ja. Aber wer weiß. Vielleicht hat die Bedrohung durch die Nazis etwas in ihr ausgelöst … vielleicht hat sie sich auf ihre

Wurzeln besonnen ... Ich meine, wenn schon ich bloß durch diese Begegnung mit Judith so ins Grübeln komme ...«

»Ja, aber macht das denn einen so großen Unterschied? Ob sie jetzt Christin oder Jüdin war – sofern sie überhaupt ernsthaft irgendetwas glaubte ... Ich bin Agnostiker, das weißt du. Aber ich dachte immer, wenn man an Gott glaubt, dann ist das stets derselbe. Es gibt nur einen. Egal, wie man ihn nun nennt oder zu ihm betet ...«

»Ja. Gott ist immer derselbe. Aber andererseits macht es vielleicht schon einen Unterschied, wie man ihn betrachtet. Das Restaurant hier ist ja auch dasselbe wie gestern. Trotzdem kommt es mir heute völlig verändert vor. Und Judith ist auch immer noch Nora – und trotzdem ist sie für mich erst interessant, seit sie Judith heißt ... Wäre sie bloß Nora, dann wäre es gestern bei einer kurzen Pflichtbegrüßung geblieben ...«

»Ja, ich versteh schon, was du meinst.«

Vincent spürt plötzlich den brennenden Wunsch, Judith und Pierre sollten jetzt ebenso wie gestern das Restaurant betreten und er könnte Judith noch einmal dort drüben als Fremde Platz nehmen sehen – natürlich unmöglich. Und trotzdem kann er sich gegen diese völlig absurde Hoffnung nicht wehren. Immer wieder blickt er zu der Treppe, über die sie gestern kamen ...

»Schau mal«, sagt Johanna. »Was ist denn mit dem Himmel los?«

Vincent sieht überrascht empor. Tatsächlich haben die Wolken auf einen Schlag tiefschwarze und violette bis schwefelige Töne angenommen. Auch das Meer scheint in Aufruhr und gischtet. Einzelne Wutspritzer. Als ob ein Halbstarker mit einem blitzenden Klappmesser spielte ...

»Wir zahlen besser rasch«, sagt er, leert sein Glas auf einen Zug und winkt dem Kellner, der von sich aus schon mit der Rechnung und dem Kartenlesegerät herbeieilt.

Doch Vincent hat seine Kreditkarte kaum in die Brieftasche zurückgesteckt, als eine abrupte Sturmbö mit machtvoller Hand über die Terrasse fährt. Die Gewalt ist so enorm, dass Sonnenschirme zerreißen und Gläser zerklirren und Besteck durch die Luft fliegt. Tischdecken und Speisekarten wirbeln quer über den Strand. Johanna schreit auf. Der Kellner hebt die Hände, als würde er kapitulieren. Wie durch ein Wunder hat die Bö sie selbst aber nicht berührt. Als wären sie absichtlich verschont worden. Und es stürmt zwar weiter, dass ihre Kleider und Haare flattern, aber es folgt kein zweiter solcher Gewaltakt.

Entschlossen packt Vincent Johanna an der Hand: »Komm! Schnell! Wir laufen zum Bungalow!«

»Nein«, ruft Johanna und zieht ihre Hand zurück. »Das ist zu gefährlich! Wir bleiben hier!«

»Los!«, sagt Vincent. »Es sind nur ein paar hundert Meter!«

Und sie rennen los. Diesmal ohne die Schuhe auszuziehen, rennen sie den Strand entlang und durch die wilde Brandung. Der Sturm scheint bereit, jeden Augenblick loszuschlagen. Sie spüren ihn in ihrem Nacken. Doch er schlägt nicht los. Es ist, als würde er den Atem anhalten und ihnen zusehen, wie sie als winzige Ameisen da laufen. Gleichzeitig erheben sich über dem Meer Töne, die sie noch nie gehört haben. Wie eine ungeheure Stimme, deren Sprache sie nicht verstehen. Und sie spüren, dass diese Stimme noch zu ganz anderen Lauten fähig ist. Jenseits ihrer Vorstellungskraft. Doch sie rennen und rennen. Atemlos. In ihren von der Brandung ruinierten Schuhen. Immer wieder über Steine und Treibholz stolpernd und auf Algen ausglitschend. Sie rennen, bis sie schließlich mit letzter Kraft den Bungalow erreicht haben.

Und kaum hat Johanna mit zittrigen Fingern die Tür aufgeschlossen und kaum sind beide eingetreten und haben die Holzläden hinter sich zugezerrt und verriegelt, bricht draußen die Urgewalt los.

Johanna starrt Vincent an, ganz vom Sturm zerrauft und verstört. »So etwas hab ich in meinem ganzen Leben noch nicht erlebt.«

»Ja«, sagt er. »Das war knapp!«

Wildes Geheul umjagt den Bungalow. So heftig, dass Johanna zusammenfährt und fragt: »Glaubst du, wir sind hier sicher? Es gibt doch Taifune, die Autos und ganze Häuser durch die Luft wirbeln …«

»Ich glaube, wir sind sicher.«

»Sagt das der Physiker?«

»Das sagt Vincent.«

Er setzt sich aufs Bett und zieht seine vom Meerwasser ruinierten Schuhe aus.

Johanna zerrt sich ebenfalls die durchweichten Sandalen von den Füßen.

»Die kann ich nur noch wegwerfen«, sagt sie.

»Soll ich uns Kaffee kochen?«, fragt Vincent.

»Ja, bitte! Du weißt ja, Kaffee kann ich immer trinken …«

Später stehen die beiden auf der Terrasse, die durch das Licht aus dem Bungalow ein Stück weit erhellt ist. Sie halten jeder eine Kaffeetasse in der Hand und blicken aufs dunkle Meer, das sich urplötzlich beruhigt hat. Auch der Himmel schweigt wieder.

»Nicht zu fassen!«, sagt Johanna. »Als ob gar nichts geschehen wäre.«

»Na ja. Rastlos ist die Brandung noch immer.«

»Ja. Aber kein Vergleich. Dass das Meer von einer Sekunde zur anderen so … so gewalttätig werden kann … Glaubst du, es sind Menschen in dem Sturm umgekommen?«

»Ich weiß es nicht.«

»Das kommt mir alles so biblisch vor …«

»Biblisch?«

»Ein anderes Wort fällt mir nicht ein … ja, biblisch …«

10

Ein strahlender Morgen und die Luft riecht frisch. Aber als Johanna und Vincent später den Strand entlanggehen, ist dieser übersät von angespültem Seegras und Treibholz. Doch mehr noch überrascht die beiden eine andere Entdeckung.

»Quallen! Überall Quallen!«, ruft Johanna. »Schau dir das an! Medusen! Das müssen ja Dutzende sein! Hunderte, wenn das den ganzen Strand so weitergeht!«

Tatsächlich liegen, soweit das Auge reicht, gallertige, leicht violett schimmernde und durchsichtige Scheiben, aus denen lange Tentakel hängen.

»Nicht anfassen«, sagt Vincent. »Das sind, glaube ich, Feuerquallen.«

»Aber diese Unmengen! Wenn man sich vorstellt, wie viele da draußen noch rumschwimmen! Das müssen ja Heerscharen von solchen Quallen sein! Millionen!«

»An sich sind das sehr ästhetische Wesen, wenn man sie nur schwimmen sieht. Sehr grazil. So tot im Sand wirken sie natürlich eher wie Plastikmüll.«

»Also irgendwie schockiert mich dieser Anblick schon«, sagt Johanna. »Man merkt erst, wie wenig man von all den Dingen mitbekommt, die um einen herum vorgehen. Dieses unsichtbare Medusenreich unter der Meeresoberfläche. Wie eine Parallelwelt, von der man nichts weiß. Und plötzlich liegen all diese Kadaver vor dir in der Sonne und verwesen …«

»Wie in der Bibel das Heer der toten Ägypter am Roten Meer«, sagt Vincent.

Johanna schaut ihn an.

***

Der Tag vergeht mit Schwimmen und Lesen. Gegen fünf Uhr klingelt Johannas Handy. Vincent erschrickt schon und befürchtet eine erneute Absage. Es ist tatsächlich Judith, aber sie will nur die Einladung bestätigen. Man vereinbart, dass Pierre die beiden gegen halb sechs mit dem Auto vom Bungalow abholen soll. Johanna begibt sich nach dem Telefongespräch sofort ins Bad, um sich zurechtzumachen. Vincent sieht im Spiegel, wie sie das kunstlos mit einem Gummi zusammengebundene Haar löst. Dann schließt sich die Tür.

Er selbst zieht nur ein frisches Hemd an und beige Leinenschuhe, weil die Ledermokassins noch immer feucht und formlos in einer Ecke modern. Dann legt er sich in den Liegestuhl, um etwas zu lesen. Oder so zu tun, um seine Vorfreude auf Judith wenigstens äußerlich zu zügeln. Er hat fast Angst, sich zu verraten. So zittrig, wie er ist. Als hätte er zu viel Kaffee getrunken. Vielleicht liegt es auch nur daran. Zu viel Kaffee. Es ist ja gar nichts geschehen.

Plötzlich fällt ein Schatten auf sein Buch. Noir, denkt Vincent. Aber diesmal ist es Pierre, der hinter ihm steht und unter seiner Sonnenbrille lautlos feixt.

Vincent springt empor, um ihm die Hand zu schütteln, aber Pierre schlägt ihm nur kumpelhaft auf die Schulter und lacht sein Belmondo-Lachen. Er trägt ein rotes Hawaiihemd, kurze Hosen und Bootsschuhe. Gesicht, Arme und Beine sind tief gebräunt. Man könnte ihn so auf das Plakat einer Reiseagentur setzen.

»*Bon jour!*«, ruft er. »*On y va!*«

»Johanna ist noch im Bad! Sie kommt sofort!«, sagt Vincent. »Ich hol sie schnell.«

»Nur die Ruhe!«

Aber da steht Johanna schon neben ihnen und begrüßt Pierre, der sie auf beide Wangen küsst.

Kurz darauf gleitet der Range Rover im prallen Nachmittagslicht die Hauptstraße entlang. Johanna sitzt auf dem Beifahrersitz und führt die Konversation mit Pierre. Worüber Vincent sehr froh ist, denn er fühlt sich im Augenblick unfähig zu einem vernünftigen Satz. Bis zum Berghaus wird dieser Zustand hoffentlich vergehen, denkt er. Im Vorüberfahren sieht er das Schild *Poterie*, das Judith ihm gestern gezeigt hat. Während Johanna und Pierre miteinander plaudern, fällt Vincent auf, dass die beiden einen leichten Flirtton anschlagen, der aber von keiner Seite ernst gemeint ist, sondern eher von professioneller Art: Pierre flirtet mit Johanna, wie er eben in seiner Branche mit allen Touristinnen flirten muss – und sie flirtet leicht ironisch zurück, wie sie das bei gewissen Mandanten tut.

»Wie habt ihr beiden euch eigentlich kennen gelernt?«, fragt Johanna gerade.

»*Amour fou!*«, ruft Pierre und lacht.

»Dacht ich mir«, sagt Johanna und lacht auch.

Nur Vincent auf der Rückbank lacht nicht mit. *Amour fou*. Er kann sich Pierre und Judith beim besten Willen nicht als Liebespaar vorstellen. Schon gar nicht in wilder Leidenschaft. Äußerlich geben sie ein etwas gealtertes Traumpaar ab. Das stimmt. Ein Filmpaar. Aber sie schauen sich nicht an. Ihre Blicke treffen sich nicht. Sie scheinen völlig aneinander vorbeizuleben. In Parallelwelten. So kommt es Vincent zumindest vor. Aber was weiß er schon nach den paar Augenblicken, in denen er die beiden erlebt hat? Wahrscheinlich ist die Entfremdung zwischen ihnen nur seine eigene Wunschvorstellung. Denn Vincent muss sich leider eingestehen: Der Gedanke einer *amour fou* zwischen Pierre und Judith verletzt ihn. Auch wenn er keinerlei Recht hat, verletzt zu sein. Trotzdem scheint ihm, dass Pierre und Judith einfach nicht zueinander passen. Pierre ist eben Belmondo. Aber Judith ist ein Geheimnis. Natürlich, jeder Mensch ist ein Geheimnis. Am Ende auch Belmondo. Aber Judith ist ganz offen ein Geheimnis. Und deshalb leben die beiden auch in Parallelwelten: Pierre in seiner Touristikwelt und Judith in ihrem Medusenreich. Die Frage ist nur: War das schon immer so? Vielleicht war Judith ja ein ganz anderer Mensch, als sie noch Nora hieß?

Wie auf sein Stichwort fährt Pierre in diesem Moment fort:

»Nora – also damals hieß sie noch so – Nora kam vor fünfundzwanzig Jahren nach Korsika. Sie hatte nach dem Abi ein paar Semester BWL studiert, aber war frustriert davon. Dann sagte eine Freundin zu ihr: Du bist doch gut in Fremdsprachen. Mach was im Tourismus! Na ja. Und bei ihrer ersten Tour hier als Reiseleiterin trafen wir zusammen. Ich war schon ein paar

Jahre im Geschäft. Und als ich sie sah – ich schwör euch: ein Blick genügte –, da hab ich Philippe, der damals alles organisierte, mit einem Whisky bestochen, dass er sie mir zuteilte. Na was soll ich sagen. Eine Woche gemeinsames Sightseeing. Bootstouren. Candlelight-Dinner. Nacktbaden im Meer. Und sie zog bei mir ein und blieb auf der Insel. Ich wohnte damals noch in einem alten Turm mit zwölf Katzen …«

»Die Katzen habt ihr noch immer«, sagt Vincent, um seine eigene Verstimmung zu bekämpfen und um nicht nur stumm dazusitzen – und bemerkt zu spät die Dummheit.

»Woher weißt du das denn?«, ruft Pierre.

»Hab ich mir gedacht«, entgegnet Vincent rasch. »Hier auf dem Polster sind Katzenhaare …«

»Ah! Hahaha!«, lacht Pierre sein *Gauloise*-Lachen. *»Pardon!* Das kann gut sein. Katzenhaare fliegen bei uns überall herum. Ich hoffe, ihr seid nicht allergisch …«

»Nein, keine Sorge! Alle beide nicht«, sagt Johanna. »Aber wie ging es denn dann mit euch weiter?«

»Na ja. Der Rest war ganz simpel. Wir haben geheiratet. Junggesellenleben ade! Nora ist bei Neckermann voll eingestiegen. Wir haben das Haus gebaut. Mit Kindern hat es leider nicht geklappt. Vor allem Nora war traurig darüber, hat sich dann aber damit abgefunden.«

Pierre biegt nun von der Hauptstraße scharf rechts ab und der Wagen klettert den steilen Holperweg zwischen Bäumen empor.

»Aber dann hatte sie vor drei Jahren eine Krise?«, fragt Johanna.

»Ja. Leider. Das war schon heftig. Erst sind ihre Eltern ganz plötzlich gestorben. Das hat Nora schwer getroffen. Die beiden waren noch nicht so alt.«

»Gott! Das hab ich gar nicht mitbekommen! Weil unsere Eltern zerstritten waren und weil ich selbst mit meiner Mutter auch Funkstille hatte bis zu ihrem Tod letztes Jahr … leider …«

»Ja, und dann kam der Unfall …«

»Welcher Unfall?«

»Nora hatte einen schweren Fahrradunfall. In Deutschland übrigens. Hier fährt sie nie. Aber in Bremen hat eine Freundin sie überredet. Blödeste Idee ihres Lebens. Wirklich ein Horror-Crash. Gesicht zerstört. Ein paar Zähne ausgeschlagen. Ihr glaubt nicht, wie sie damals ausgeschaut hat ...«

»Wirklich?«, ruft Vincent von hinten. »Aber man sieht ja gar nichts mehr ...«

»Nein, hätte ich damals auch nicht gedacht. Ihr hättet sie sehen müssen. Aber die Ärzte waren fantastisch, wie die das hingekriegt haben ... Absolutes Wunder! Leider war die Pechsträhne damit noch nicht vorbei ...«

»O Gott! Was denn noch?«, ruft Vincent übertrieben laut gegen das Gerumpel des Wagens. Das Bild von Judiths zerschlagenem Gesicht bereitet ihm fast physischen Schmerz.

»Kurz danach bekam sie auch noch eine schwere Gürtelrose ... wahrscheinlich durch den ganzen Stress ... sie war nahe daran, in die Depression abzustürzen ...«

»Und dann? Was passierte dann?«, fragt Johanna.

»Ja, das weiß ich eigentlich auch nicht. Irgendwie hat sie selbst alles wieder in den Griff bekommen. Ich weiß nicht. Ihre Töpferkurse. Das Yoga. Und dann natürlich vor zwei Jahren die Entdeckung mit der jüdischen Großmutter ... Seither ist sie Jüdin und glücklich und nennt sich Judith ... Wie das genau zugegangen ist, hab ich nie begriffen. Für mich ist das alles schon etwas komisch. Ich meine, von einer Sekunde zur anderen plötzlich Berufsjüdin. Dabei war sie zuvor nie religiös. Und jetzt geht's dauernd um irgendwelche Propheten ... Ich denk mir, sie wollte einfach einen Schlussstrich ziehen. Neuer Anfang. Neues Leben. Also, für mich wirkt das manchmal übertrieben ... Aber ist ja auch egal. So lang sie damit glücklich ist. *Alors! Nous sommes arrivés!*«

11

Der Range Rover bremst in Schieflage am Hang vor dem Haus. Vincent hat so intensiv und angespannt zugehört, dass er wie aus einem Traum hochfährt.

Als die drei aus dem Wagen klettern, kommt ihnen schon Judith über den Gartenweg entgegengelaufen. Sie trägt ein dünnes blaues Kleid mit Goldfäden, in dem sie festlich wirkt, und ruft: »*Schabbat Schalom!*«

Dann fällt sie Johanna und Vincent um den Hals und küsst jeden auf die Wangen. Vincent riecht den Duft eines anderen Parfüms als gestern, das ihm schwerer und orientalisch vorkommt. Der leise Hauch von Terpentin und Blumenerde wird davon überdeckt – oder ist nicht da, weil Judith keine Zeit für Kunst und Gartenarbeit hatte.

»Also weißt du!«, ruft Pierre und lacht. »*Schabbat Schalom!* Gilt das am Mittwochabend überhaupt schon?«

»Nein, genau genommen erst ab Freitag Sonnenuntergang. Aber na ja! Wenn ihr schon da seid ... Es klingt doch feierlich, finde ich ...«

Sie führt die beiden durch die Gartentür und über den Vincent schon vertrauten Weg zur Terrasse. Nachdem beide den grandiosen Meerblick bewundert haben – Vincent vielleicht eine Spur zu euphorisch, um sein Überraschtsein zu betonen –, bittet Judith sie, schon Platz zu nehmen, bis sie etwas aus der Küche geholt hat.

Der Tisch ist schön gedeckt mit einem bunt gemusterten Tischtuch und offensichtlich von Judith getöpfertem Geschirr. Blaue Teller, in denen man die eingeprägten Abdrücke verschiedener Laubblätter sieht. Kastanie. Steineiche. Olivenbaum. In der Mitte der Tafel steht ein siebenarmiger Leuchter – nein, tatsächlich der mit den acht Armen, wie Vincent bemerkt. Er muss lächeln.

»Was amüsiert dich?«, fragt Johanna.

Er zählt ihr lautlos mit dem Finger deutend die Arme vor.

Johanna runzelt die Stirn und schüttelt den Kopf. »Seltsam!«

Vincent bedauert kurz, dass er Johanna auf diese Exzentrik hingewiesen hat – als hätte er damit ein intimes Geheimnis verraten.

Da erscheint Judith mit einer Flasche und vier hohen Gläsern, die sie an die Plätze verteilt. Dann lässt sie den Korken knallen und schenkt allen Prosecco ein. Vincent schaut hingebungsvoll zu, wie ihre großen Hände geschickt hantieren. Wenn sie Ton unter den kurzen Fingernägeln hat, sieht man ihn nicht, denn sie trägt diesmal dunkelroten Nagellack. Plötzlich hat Vincent das vage Gefühl, dass Johanna ihn dabei beobachtet, wie er Judith beobachtet. Rasch blickt er in Richtung des Meeres.

»Pierre!«, ruft Judith ins Haus. »Kommst du?«

Pierre hastet eilig auf die Terrasse und trocknet sich mit einem Geschirrtuch die Hände ab. »Bin schon da. Hab nur noch schnell die Katzen gefüttert. Damit sie uns nicht beim Essen terrorisieren. Die lästige Bande.« Er lacht.

»*L'Chaim!*«, sagt Judith und erhebt ihr Glas. »Auf das Leben! Ist das nicht ein wunderbarer Trinkspruch?«

»*L'Chaim!*«, prosten auch Johanna und Vincent.

»*Santé!*«, sagt Pierre und nimmt einen großen Schluck. Dann fügt er hinzu: »Also das Essen ist jetzt nicht koscher. Judith hat zwar Hummus gemacht, aber dazu gibt's *Charcuterie corse*, also korsische Wurst und Schinken als Vorspeise, absolut nicht koscher, und danach grillen wir …«

***

Der Abend ist bereits fortgeschritten. In der Ferne glitzert das Meer. Vincent spricht wenig. Er ist von dem gemeinsamen Essen auf unbestimmte Weise enttäuscht. Warum enttäuscht, fragt er sich selbst. Alles ist wunderbar. Aber er muss sich eingestehen: Irgendwie hat er insgeheim die absurde Hoffnung gehegt, mit Judith allein zu sein. Am Vierertisch weiß er nicht, was er sagen soll. Er denkt an König David. Er denkt an Judiths stürmische Umarmung.

Johanna sagt gerade: »Judith, du musst mir noch mehr über unsere Großmutter erzählen! Ich will einfach alles wissen! Ich würde auch so gerne die Briefe lesen, von denen du erzählt hast …«

»Ja«, sagt Judith. »Das versteh ich sehr gut. Die Briefe … ja, die sind sozusagen noch in Arbeit … Ich bin fleißig dabei, sie aus der Sütterlinschrift zu transkribieren … Wenn ich fertig bin, geb ich dir natürlich gerne die Abschrift … Aber das dauert noch etwas … ich bin eine langsame Arbeiterin … und ich will dir nichts Halbfertiges in die Hand drücken …«

»Aber ein paar wichtige Stellen? Nur zwei, drei Briefe! Ach bitte! Es interessiert mich so wahnsinnig …«

Judith lacht. »Okay. Ich schau mal, was ich dir bieten kann. In den nächsten Tagen. Ich stell dir was zusammen …«

»Das wäre so toll! Du glaubst nicht, wie ich darauf brenne …«

»Moment!«, Judith trinkt ihren Wein aus und steht auf. Sie hebt den Zeigefinger. »Etwas kann ich dir schon bieten, was dir sicher gefällt …« Damit verschwindet sie im Haus.

»Noch Bratwürste?«, fragt Pierre und hebt eine Wurst mit der Grillzange vom Rost empor. Aber die beiden winken nur lachend ab und deuten auf ihre vollen Bäuche.

»Dann noch Weißwein!« Er schenkt ihnen großzügig ein und stellt die Flasche danach klappernd zurück in den mit Eisstücken gefüllten Kühler.

Da ist Judith schon wieder da. In der Hand hält sie eine mit einer roten Lederschnur zusammengebundene große Pergamentrolle.

»*Voilà!*«, ruft sie und schwenkt die Rolle. »Unser Stammbaum! Von mir selbst recherchiert und geschrieben!«

»Wahnsinn!« Johanna springt sofort von ihrem Stuhl auf und geht um den Tisch herum zu ihr. Vincent überlegt, wann er sie zuletzt so freudig aufgeregt erlebt hat. Das rührt ihn. Zugleich spürt er auch selbst, wie sein Interesse zum ersten Mal an diesem Abend erwacht: Judith enthüllt eines ihrer Werke, an dem sie leidenschaftlich gearbeitet hat …

»Moment«, sagt Judith. »Pierre! Stellst du bitte die Teller hier beiseite!«

Aber Johanna ist ihm schon zuvorgekommen und hat in Windeseile abgeräumt.

So wickelt Judith nun die Lederschnur ab und rollt das Pergament auf dem Tischtuch aus.

»Hier!«, sagt sie. »Siehst du: du und ich ganz unten – hier unsere Eltern – da Oma – und weiter zurück – hier ihre Eltern aus der Familie Franzl – da die Großmutter aus der Familie Steiger – und *hier:* deren Eltern Aaron und Sarah Kaufmann ... und hier geht die jüdische Linie weiter bis zu einem Abel aus Brünn ...«

»Mein Gott! Unfassbar«, sagt Johanna. Sie legt die Hand auf den Mund. Dann umarmt sie Judith. Als sie sich wieder umdreht, sieht Vincent, dass Johanna Tränen in den Augen hat, was ihn selbst ergreift. Er blickt auf den Stammbaum – auf die Stelle, wo ganz unten Judiths und Johannas Namen nebeneinanderstehen. Wie schön Judith die Buchstaben gemalt hat in ihrer großen verträumten Schrift!

»Also weiter muss ich erst noch recherchieren«, sagt Judith und rollt das Pergament wieder ein und bindet es zu.

»Aber woher hast du denn den Stammbaum?«, fragt Johanna. »Das hat Oma doch nicht alles in ihren Briefen geschrieben ...«

»Nein, nein! Da stand nur etwas von der jüdischen Abstammung. Und dann hab ich im Internet recherchiert. Datenbanken abgefragt. An Stadtarchive geschrieben und so weiter, bis ich alles beisammen hatte ... Familienforschung ist ja heute nicht so schwierig ... in Zeiten des Internets ...«

»Den Stammbaum musst du mir unbedingt noch kopieren ...«, sagt Johanna.

»Ja, gerne«, sagt Judith. »Aber jetzt, wenn ihr beiden Interesse habt, zeige ich euch noch meine Werkstatt ...«

»Ja, sehr gerne! Die Ton-Propheten!«, ruft Vincent begeistert.

»Ton-Propheten?«, fragt Johanna und zieht eine Augenbraue hoch.

»Ja«, sagt Judith rasch. »Davon habe ich Vincent vorgestern auf dem Parkplatz schon erzählt. Vielleicht wollt ihr euch die anschauen ...?«

»Natürlich«, sagt Johanna.

»Dann kommt!«

12

Judith, Johanna und Vincent brechen zur Werkstatt auf – nur Pierre bleibt zurück und meint, er kenne ja schon alles.

Als sie den kleinen Raum betreten, zwingt Vincent sich zu einem Verhalten, als wäre ihm diese ganze Welt fremd und neu und als müsste er in der Fülle der Kunstwerke erst Orientierung gewinnen. So stellt er mehrere sinnlose Fragen und übertreibt es vielleicht mit überraschten Ausrufen. Er fürchtet schon, sich verraten zu haben.

Johanna aber bemerkt seinen Übereifer gar nicht. Oder will ihn nicht bemerken. Sie geht langsam von Plastik zu Plastik und lässt sich jeden einzelnen Propheten im Detail erklären. Sie will ganz genau wissen, wofür jeder steht und welche Symbole er trägt und was er verkündet. Judith kommt bei den Erklärungen immer wieder ins Schlingern. »Ja, das weiß ich nicht so genau … Ich muss das alles mal nachlesen … Da kenn ich mich nicht so aus«, sagt sie immer wieder. Ihre Vagheit scheint Johanna zu irritieren. Ab und zu schüttelt sie leicht den Kopf. Vincent dagegen findet Judith gerade in dieser Unsicherheit hinreißend.

Am Ende steht Johanna vor dem König David, den Vincent gestern im Kofferraum des Autos so bewundert hat. Sie sagt: »Weißt du, woran mich dieser David erinnert, Judith? An Chagall! Ja, wirklich! Der erinnert mich sehr an Chagall. Überhaupt einiges hier. Da, dieses Gesicht! Und da! Wie Chagall! Hat Chagall großen Einfluss auf dich?«

Vincent blickt rasch zu Judith, deren Blick sich verfinstert.

»Nein«, sagt sie. »Ich kenne eigentlich fast nichts von Chagall …«

»Das wundert mich sehr«, sagt Johanna. »Schon allein diese Farben! Und diese fließenden Formen! Wie Chagall!

»Ich interessiere mich nicht so sehr dafür, was andere machen …«, sagt Judith und schaut zum Fenster. »Ich will nur aus mir selbst schöpfen …«

»Aber vielleicht hat Chagall dich ja unbewusst beeinflusst?«, sagt Johanna.

»Nein. Das bin wirklich nur ich«, sagt Judith.

»Aber die Ähnlichkeit zu Chagall ist frappierend …«, sagt Johanna. »Schau doch, Vincent! Dieser Jonah! Wenn das nicht Chagall ist …«

»Okay«, sagt Judith und klatscht in die Hände. »Genug von den Propheten! Gehen wir wieder auf die Terrasse. Geht schon vor. Ich räume hier nur schnell noch etwas weg …«

Johanna kommt der Aufforderung ohne Bedauern nach. Sie verlässt sofort die Werkstatt und spaziert geradewegs zur Terrasse, wo Pierre ihr schon ein Glas Wein in die Hand drückt.

Vincent folgt zögernd, bleibt aber vor der Tür stehen. Dann kehrt er noch einmal in den Raum zurück, wo Judith mit dem Rücken zu ihm reglos verharrt und eine Figur anschaut. Er geht vorsichtig zu ihr hin, legt die Hand auf ihre Schulter und sagt: »Judith, ich …«

Da dreht sie sich herum und küsst ihn auf den Mund. Dann geht sie wortlos aus dem Atelier, ohne sich umzublicken.

Vincent bleibt allein im Halbdunkel zurück.

Als Vincent schließlich auch zur Terrasse kommt, hört er gerade noch, wie Pierre zu Johanna sagt: »Also da hinter dem Haus, dieser Hang da, das ist alles Macchia. Gestrüpp. Wenn da einer mal zündelt, dann steht unsere ganze Hütte in Flammen … Da brauchen wir mit dem Löschen gar nicht mehr anzufangen …«

***

Es ist schon spät, als Pierre die beiden wieder vor ihrem Bungalow absetzt. Johanna und Vincent wollen aber noch nicht ins Bett. Sie sitzen auf der Terrasse mit einer Kerze zwischen sich und schauen auf das rastlose dunkle Meer.

Vincent fühlt sich, als hätte er zwanzig Tassen Espresso getrunken. Er kann keinen klaren Gedanken fassen und weiß nicht, wie er je wieder schlafen soll.

Johanna sagt: »Dieser Stammbaum … ich kann dir gar nicht sagen, wie tief mich der bewegt hat … Verstehst du, es ist zweierlei, ob man dir sagt, du hast irgendwo unter deinen Vorfahren auch jüdische Ahnen – oder ob du plötzlich Namen liest: Aaron und Sarah Kaufmann, Abel aus Brünn … Das sind lebendige Menschen mit einem wirklichen Schicksal und Leben – und ich höre zum ersten Mal von ihnen, obwohl ich mit ihnen verwachsen bin …«

»Ja«, sagt Vincent. »Das verstehe ich.«

»Ich bin Judith so dankbar dafür, dass sie all das ausgegraben hat. Ohne sie hätte ich nie davon erfahren. Und wie liebevoll sie diesen Stammbaum gezeichnet hat … Ich meine, manchmal kommt sie mir ein bisschen konfus vor. Dir nicht?«

»Inwiefern?«, fragt Vincent. Wüsste Johanna, in welchem Grade er selbst in diesem Augenblick konfus ist! Und wie sehr ihn Judiths Konfusion bezaubert! Oder ahnt sie es?

»Na ja«, erwidert Johanna. »Der achtarmige Leuchter … oder die Propheten, bei denen manches nicht so ganz stimmt …«

»Ja, aber vielleicht will sie das so …«

Johanna lacht. »Konfus sein?«

Ja, sie will konfus sein, denkt Vincent. Und ich will es auch …

Doch laut sagt er: »Nein. Ich glaube, sie will sich Freiheiten nehmen … sich nicht festlegen lassen …«

»Findest du mich zu pedantisch?«

»Nein, nein. So hab ich das nicht gemeint …« Wie soll er Johanna auch sagen, was er meint?

Nach einer Weile beginnt Johanna wieder: »Hätte ich das mit Chagall nicht sagen sollen? Es war nicht böse gemeint. Chagall ist ja ein großer Künstler. Es ist doch nicht schlimm, mit Chagall verglichen zu werden …«

»Ich glaube, das hat sie irritiert …« Er denkt an Judith, die im halbdunklen Atelier abgewandt auf ihre Figur starrte. An den Augenblick, als er ihre Schulter berührte und als sie sich herumdrehte …

»Ja«, sagt Johanna. »Du hast recht. Das war blöd von mir. Warum habe ich so darauf herumgeritten? Ich habe schon gemerkt, dass sie irgendwie eingeschnappt war. Aber ich hab nicht recht verstanden, weshalb. Weißt du, ich bin mit Leib und Seele Rechtsanwältin. Kunst ist mir im tiefsten Herzen fremd. Also nicht als Betrachterin. Ich liebe es, in Galerien, Museen, Konzerte zu gehen. Aber ich käme nie auf den Gedanken, selbst zum Pinsel zu greifen oder etwas komponieren zu wollen. Darum kann ich mich da vielleicht nicht einfühlen ... Für mich wäre das keine Schande, wie Chagall zu malen ... eher ein Kompliment ... zumal Chagall ja Jude war und ihr alles Jüdische so wichtig ist ...«

»Ja. Trotzdem ...«

»Okay. Botschaft angekommen. Ich hab sie gekränkt. Das tut mir sehr leid. Ich wollte es wirklich nicht. Wie gesagt – ich bin ihr unendlich dankbar für all das .... Und sie ist ja gewissermaßen meine einzige Verwandte, die ich noch habe ... Was soll ich tun? Mich entschuldigen?«

»Nein, Johanna. Bloß nicht. Ich glaube, das macht alles nur schlimmer. Am besten vergessen wir es. Einfach nicht mehr erwähnen. Den ganzen Abend vergessen ...«

»Wieso den ganzen Abend?«

»Das war nur so dahingesagt ... Du verstehst schon, was ich meine ...«, sagt er – und denkt zugleich: Vergessen! Das ist die einzige Lösung!

»Na schön. Dann sag ich nichts. Weißt du, ich mag Judith wirklich sehr.«

»Ja.«

»Morgen sind wir übrigens nicht bei den beiden.«

»Nein?« Vincent fühlt einen tiefen Stich. Mit dieser Möglichkeit hat er gar nicht gerechnet. Was soll das bedeuten?

»Nein. Sie haben zu tun. Aber Pierre hat mir einen Tipp gegeben, was wir unternehmen können.«

»Nämlich?«

»Um neun Uhr fährt vorn an der Anlage ein Bus ab zu einem Ausflug nach *Bonifacio* ...«

Vincent stöhnt auf, entsetzt über diese hämische Alternative. »Das klingt ja furchtbar nach Neckermann-Touri ...«

»Nein, das soll schön sein, sagt Pierre ...«

»Na ja, Pierre arbeitet ja für Neckermann ...«

»Deshalb muss der Ausflug noch lange nicht schlecht sein … eher im Gegenteil …«

Vincent weiß nicht, wie er diese Busfahrt überstehen soll, aber er fühlt sich irgendwie schuldig. Deshalb sagt er nach einer Pause: »Meinetwegen …«

Danach sitzen die beiden noch eine Weile schweigend und hören den dunklen Selbstgesprächen der Brandung zu, und jeder schaut dabei auf sein eigenes Meer.

13

Die Handyuhr zeigt exakt 5.45. Das ist der Zeitpunkt, den Vincent sich gesetzt hat. Er konnte keine Sekunde schlafen, aber früher aufzustehen, hat er sich verboten – um Johanna nicht zu wecken. Endlich ist er erlöst – er hätte es keinen Moment länger ausgehalten. Vincent arbeitet sich so behutsam und leise wie möglich aus dem Laken. Versucht, geräuschlos aus dem Bett zu schlüpfen und über die Fliesen zu schleichen. Die Tür steht ohnehin halb offen, so kann er sich ohne Knarzen hinauszwängen.

Die Sonne beginnt eben aufzugehen. Das Meer ist bestürzend schön. Vincent fühlt sich immer noch, als hätte er eben fünfzehn Tassen Espresso getrunken. Immerhin keine zwanzig mehr.

Er fragt sich trotzdem, ab welchem Pegel ein Adrenalinrausch lebensgefährlich werden kann. Er hat die ganze Nacht nur an Judith gedacht. Und was werden soll. Während er so reglos dalag, hat er im Kopf fieberhaft formallogische Gebilde entworfen. Wie eine Software, die bestimmt war, ihm mit mathematischer Präzision zu sagen, was werden soll. Während er an Judith dachte, entwarf er gleichzeitig die Software. Und während er die Software entwarf, dachte er an Judith. Irgendwann im Morgengrauen schien ihm eine Lösung in Sicht.

Nun im kühlen Meermorgen begreift er, dass all das nur Delirium und Wahnsinn und Fiebertraum war. Irgendwie muss er wahrscheinlich doch in einen Zustand des Halbschlafes weggesackt sein. Denn die Lösung ist ebenso einfach wie klar: Gar nichts wird werden. Weil im Grunde gar nichts geschehen ist.

Judith. Was hat sie sich dabei gedacht? Hat sie überhaupt etwas dabei gedacht? Oder war das nur ein Augenblicksimpuls, der absolut nichts bedeutet hat? Vermutlich. Ja, vermutlich war es nur eine Reaktion auf die Enttäuschung. Ein Akt, der gar nichts mit ihm, Vincent selbst, zu tun hatte. Sei schonungslos aufrichtig zu dir, befiehlt sich Vincent. Wähle in jedem Fall die nüchternste Interpretation, damit die Enttäuschung nicht unendlich wird.

Und trotzdem: Judith. Er sieht sie, wie sie die Ladeklappe des Range Rovers öffnet, die Handtücher abwickelt, ihm den David hinhält mit ihren großen schönen Händen. Er sieht den Augenblick im düsteren Atelier. Wie er ihre Schulter berührt ... Wie sie sich herumdreht und ihn küsst ... Stopp! Schluss damit! Was soll das bringen, im Kopf immer wieder durch solche Szenen zu zappen. All das ist ein Desaster. Wie konnte er nur da reingeraten. Man kann all das nur vergessen. Komplett löschen.

Und trotzdem: Judith.

Er hört ein Geräusch hinter sich. Erschrickt und fährt herum. Johanna steht dicht neben ihm.

»Du konntest auch nicht schlafen?«, sagt sie und lehnt ihren Kopf an seine Schulter. »Aber schau dir die Sonne an. Schau dir das an!«

Vincent küsst ihren Scheitel. Er liebt Johanna. Alles ist einfach.

***

Als die beiden kurz vor neun am Eingang des *Monte Cristu* erscheinen, wartet dort schon eine Schar von Menschen auf den Bus. Vor allem französische und deutsche Touristen, die meisten über fünfzig. Sonnenhüte, Bäuche, Shorts, Kameras. Wie man sich das vorstellt.

Vincent wirft Johanna einen Blick zu. »Ich kann da nicht mitfahren.«

»Ich auch nicht«, sagt sie kurz entschlossen. »Komm, gehn wir zurück!«

Zur Verwunderung der anderen drehen die beiden um. Eine ältere Frau ruft ihnen noch nach: »Wollen Sie rasch etwas holen? Sollen wir den Bus aufhalten?«

»Nein«, ruft Vincent. »Vielen Dank! Aber wir haben ganz vergessen, dass wir eine andere Verabredung haben. Schöne Fahrt noch!«

Er bereut es, dass er die Gruppe eben noch nur als Karikatur-Touristen wahrgenommen hat. Es sind ja doch nette Menschen, die sich auf ihren Ausflug freuen. Er wollte niemanden brüskieren.

Zu zweit gehen sie wieder den Kiesweg entlang, der in die Anlage hineinführt. Zwischen Steineichen, Kastanien, Eukalyptusbäumen, Palmen und Rhododendren sieht man überall die schon etwas abgeblätterten Bungalows in blassem Ocker.

»Du hast recht!«, sagt Johanna. »Wozu wegfahren? Hier haben wir doch das Meer! Alles, was wir brauchen.«

»Ja, alles, was wir brauchen«, sagt Vincent.

»Und überhaupt«, sagt Johanna. »Seit ich Judith getroffen habe, muss ich gar nicht mehr mit dem Auto auf der Insel herumfahren. Ausflüge interessieren mich nicht, egal, wie schön die Ziele sein mögen. Ich will keine Ablenkung mehr. Es gibt so unendlich viele Dinge, über die ich nachdenken muss.«

»Geht mir genauso«, sagt Vincent.

»Wieso dir?«, fragt Johanna und schaut ihn an.

14

Als sie schon fast an ihrem Bungalow angelangt sind, sehen sie zwischen Büschen hindurch eine lange dünne Gestalt am Strand stehen und aufs Meer hinausschauen.

Der Mann trägt eine kurze schwarze Hose und ein weinrotes T-Shirt und sein drahtiger Körper ist gebräunt. Auf dem kahlen Kopf sitzt ein kleines rundes Käppchen.

Johanna bleibt stehen: »Sag mal – bild' ich mir das jetzt ein oder trägt der so eine jüdische Mütze?«

»Ja, ich glaube tatsächlich, das ist eine Kippa.«

»Ja, Kippa meine ich. Dann stimmt es wirklich. Ich hab mich nicht getäuscht.«

Sie schließt die Vordertür auf und sie treten beide ein.

»Das ist doch merkwürdig!«, sagt Johanna.

»Was?«

»Jetzt denke ich seit drei Tagen nur über meine jüdische Abstammung nach – und nun treffe ich hier im Feriendorf einen Juden ... Das ist doch ein Riesenzufall ...«

»Eher selektive Aufmerksamkeit«, sagt Vincent. »Ich weiß noch, als du mit unseren Kindern schwanger warst, sah ich überall auf den Straßen nur schwangere Frauen. Als wäre plötzlich die ganze Welt schwanger geworden ...«

»Ja. Trotzdem.«

Sie lässt den Rucksack, den sie für den Ausflug gepackt hatte, zu Boden gleiten, zieht ihre Sandalen aus und öffnet hinten die Terrassentür. Der Mann ist noch immer da und spaziert mit den Füßen in der Brandung auf und ab.

»Weißt du was«, sagt Johanna. »Ich geh jetzt hin und sprech ihn an. Kommst du mit?«

»Das sieht ja wie ein Staatsempfang aus ...«

»Okay. Dann geh ich allein. Bis gleich.«

»Bis gleich.«

Vincent setzt sich aufs Bett. Er spürt jetzt, wie tief erschöpft er ist. Aber er darf nicht schlafen. Erst muss er eine Lösung finden. Für alles. Eine Lösung. Nur welche? Ein Gedanke kommt ihm. Ein Gedanke, der so bleischwer ist, dass er sich rücklings auf die Matratze fallen lassen muss und die Augen schließt.

***

Judith steht bis zu den Knien im Meer. Sie trägt ein kurzes schwarzes Kleid und blickt Vincent an, während sie mit beiden Händen im Wasser nach etwas sucht und tastet. Immer wieder greift sie mit fließenden Bewegungen hin und her und lächelt Vincent dabei an. Plötzlich packt sie fest zu und hebt ein Ding aus dem Wasser empor: Etwas Großes, Glänzendes, Triefendes. Eine riesige Qualle, deren Körper gleißt wie die Sonne. Judith hält ihm die Qualle lachend entgegen, und als er näherkommt sieht er darin wie in einer Fruchtblase eingeschlossen das Gesicht des Königs David. Es sieht unbeschreiblich schön aus. Vincent streckt verzaubert die Hand danach aus. Dabei berührt er versehentlich die langen herabhängenden Tentakel. Funken sprühen. Ein Schmerz wie ein elektrischer Schlag. Mit einem heftigen Ruck fährt er hoch.

Johanna steht über ihn gebeugt und lacht: »Du bist ja eingeschlafen!«

»Ja«. Er reibt sich übers Gesicht. »Wo ist denn die Qualle?«

»Die was …?« Sie lacht.

»Vergiss es. Sorry. Nur ein Traum. Ich hab heut Nacht nicht so gut geschlafen. Wie spät ist es denn?«

»Du hast nicht lange geschlafen. Es ist nur eine halbe Stunde vergangen. Aber ich hab die Zeit gut genutzt und mich unterhalten – und ich weiß jetzt alles über ihn …«

»Über wen?«

»Den Mann mit der Kippa!«

»Ach ja! Das hatte ich schon vergessen … Und?«

»Also: Er ist tatsächlich Jude und heißt Jerry.«

»Jerry … und wie noch?«

»Nachnamen hab ich mir nicht gemerkt. Er duzt sowieso

jeden, sagt er. Jerry ist eigentlich Amerikaner, er stammt aus New York, hat später aber mit seinen Eltern in Indien gelebt. Seine Mutter war Wissenschaftlerin und Feministin und hat ihm beigebracht, dass Gott eine Frau ist ...«

»Gott eine Frau ...« Vincent muss diese Information in seinem verschlafenen Zustand erst verarbeiten. »Klingt nicht sehr orthodox ...«

»Nein, absolut nicht. Er war dann jedenfalls eine Zeitlang Korrespondent für den *Herald Tribune*, wenn ich das recht verstanden habe, und hatte eine Art PR-Agentur, die sich für irgendwelche Menschenrechtsprojekte einsetzte – beziehungsweise: er hat sie immer noch ... Und er lebt jetzt in München und organisiert die Stolpersteine – du weißt schon, diese Aktion zur Erinnerung an all die von den Nazis deportierten Juden – Also er setzt Gedenksteine mit den Namen vor die Häuser, aus denen diese Menschen weggeschleppt wurden, damit man Gesichter mit dem Grauen verbindet ... *Faces to the names* ...«

Vincent hat sich langsam wieder gesammelt und setzt sich auf. »Gab es da nicht Einwände von jüdischer Seite ... Dass man dann die jüdischen Namen wieder mit Füßen tritt ... War das nicht so?«

»Ja, Frau Knobloch sagte so was ... Aber Jerry sagt, Frau Knobloch ist nicht die einzige Jüdin in München ... und er ist *für* diese Aktion und viele andere Juden sind es auch ... Jedenfalls arbeitet er mit Schülern zusammen, die Praktika bei ihm machen und sich ganz erstaunlich engagieren ... sie schreiben Gedichte über den Holocaust ... rappen sogar ... Und es gibt viele Aktionen ... Gedenkveranstaltungen ... öffentliche Schabbat-Feiern ... Und er engagiert sich in der liberalen jüdischen Gemeinde ... Und fährt mit dem Fahrrad quer durch die Welt ... bis in den Himalaya ... Und seine Freundin ist Psychotherapeutin ... Und dann noch vieles andere ... Ich konnte mir gar nicht alles merken, so viel hat er erzählt ...«

»In der kurzen Zeit?«

»Ja. Während du Quallen gejagt hast.« Sie lacht. »Er sprudelt wirklich über vor Begeisterung und Hingabe ... und er ist überhaupt einer der großartigsten und wunderbarsten und tolerantesten und heitersten Menschen, die ich kenne …«

»Johanna, was ist denn mit dir passiert? Solche Begeisterungsstürme bin ich von der besonnenen Juristin ja gar nicht gewöhnt …«

»Ja, ich staune über mich selbst. Ich weiß auch nicht, was mit mir los ist. Diese letzten Tage haben etwas in mir entfesselt, von dem ich gar nicht wusste, dass es da war …«

»Und hast du es ihm erzählt …?«

»Ja, ich habe ihm erzählt, dass ich Jüdin bin. Zum ersten Mal habe ich das jemandem erzählt. Es fühlte sich ganz seltsam an, das so zu sagen: *Ich bin Jüdin.* Aber es war auch ganz wunderbar. Er hat sich darüber gefreut. Wobei er sich genauso freut, wenn du ihm erzählst, du bist Buddhist oder Katholik oder Muslim oder was auch immer. Er freut sich über alle Menschen, das merkt man ihm einfach an …«

»Na, da bist du ja an den Richtigen geraten …« Vincent rafft sich auf und steigt aus dem Bett.

»Absolut! Und du auch!«

»Ich?«

»Ja, er hat uns zum Mittagessen zu sich rüber in seinen Bungalow eingeladen. Er hatte wohl gestern Abend ein paar Gäste da, während wir bei Judith und Pierre waren. Eine kleine Party. Und da scheint noch jede Menge Essen übrig zu sein. *Spicy Hummus* und Naan-Brot scheint seine Spezialität zu sein. Und irgend so ein orientalisches Gemüse, ich hab den Namen vergessen. Er macht es selbst und sagt, israelisches Essen sei das beste der Welt … Also freu dich!«

»Ich freu mich ja. Ich muss nur erst richtig wach werden …«

15

Schalom, Vincent!«, ruft Jerry und fällt ihm um den Hals. »Kommt! Bitte! Setzt euch! Greift zu!«

Johanna hat nicht übertrieben. Jerry gefällt Vincent auf Anhieb. Sein schmales Gesicht scheint nur aus einem großen, weltumarmenden und zugleich selbstironischen Lächeln zu bestehen. Durch den völlig kahlen Kopf, auf dem nur die Kippa sitzt, sieht er paradoxerweise jünger aus, als er ist. Auch wegen seiner quirligen Art würde man nicht glauben, dass er schon auf die siebzig zugeht. Er wirkt mit seinem dünnen, sehnigen, gebräunten Körper wie ein Radrennfahrer oder Bergsteiger oder Abenteurer. Auf jeden Fall wie jemand, der ständig auf Reisen ist, immer im Kommen oder im Aufbruch. Und der auch geistig sozusagen aus dem Koffer lebt. Das hat etwas Erfrischendes. An seinem Blick spürt man, dass er tausend Menschen kennt und an hundert Projekten arbeitet. Und trotzdem schaut er einen genau an.

Es kommt selten vor, dass Vincent sich bei einem fremden Menschen vom ersten Moment an so völlig zu Hause fühlt, als wären sie schon immer Freunde. Er spürt keine Verpflichtung zur Konversation. Ohne weitere Worte und Umstände setzt er sich neben Johanna und greift einfach zu.

Auf dem weißen Plastiktisch vor Jerrys Bungalow sind allerlei Schüsseln und Teller mit israelischen Speisen aufgebaut – so viel, als stünde die Party erst noch bevor. Vincent nimmt ein Fladenbrot und bedient sich aus einer Schüssel mit Hummus, der ihn an Judiths Hummus erinnert. So fühlt er sich, als säße Judith mit am Tisch.

»Ich liebe es, zu kochen und mit Menschen zu essen! Wer mich besucht, muss mit mir essen!«, sagt Jerry. Er lacht und häuft den beiden weitere Speisen auf ihre Teller.

»Vincent!«, sagt er. »Du hast einen sehr gütigen Blick – aber auch etwas prüfend … Ich denke, du bist *scientist* … Naturwissenschaftler. Stimmt's?«

»Nicht ganz. Lehrer für Mathe und Physik …«

»Ah, siehst du! Ich wusste es! Meine feministische Mutter war auch Wissenschaftlerin!« Jerry lacht. »Esst! Bitte! Greift zu! Essende Menschen – der Anblick wärmt mein Herz!«

***

Nach dem Essen, als wirklich keiner mehr einen Bissen schafft, springt Jerry auf und räumt in Windeseile den Tisch ab, so rasch, dass Vincent und Johanna kaum schaffen, jeder eine Schüssel abzutragen.

Dann holt Jerry ebenso flink seinen Laptop, stellt ihn auf den Tisch und klappt ihn auf.

»Johanna, du hast mir erzählt, dass ihr beiden in München-Haidhausen lebt, in der …straße?«

»Ja.«

»Dann muss ich euch etwas zeigen. Wir haben vor Kurzem gleich bei euch ums Eck neue Stolpersteine verlegt. Und wie immer bei einer solchen Aktion machten wir eine kleine Gedenkfeier. Meine Schüler haben so eine Art riesigen Diaprojektor konstruiert, damit werfen wir im Dunklen Fotos auf die Hauswände. Fotos der Menschen, die einmal dort gelebt haben, bevor sie ermordet wurden. Und schaut, das ist ein Foto von einer solchen Aktion – das ist in der …straße das Eckhaus.«

»Das ist ja wirklich fast unser Nachbarhaus«, ruft Johanna und beugt sich über Jerrys Schulter. Auch Vincent drängt sich zu dem Computerbildschirm.

»Ja, und schaut, das ist ein besonders ergreifendes Foto – hier, aus den Zwanzigerjahren, noch vor der Katastrophe, noch vor der Shoah: Da haben zwei Familien in dem Haus gelebt, eine jüdische und eine katholische, die eng befreundet waren. Die haben alles miteinander gemacht. Musiziert, gefeiert, gelacht. Waren zusammen im Biergarten, beim Schlittschuhlaufen und so. Und hier feiern sie zusammen Weihnachten – da hinten der Christbaum und die Geschenke – man weiß gar nicht genau, wer da Jude ist und wer Christ …«

»Mein Gott!«, sagt Johanna und schlägt die Hand vor den Mund. »Die sehen alle so strahlend und so jung und so schön aus – und so lebenslustig ...«

»Ja«, sagt Jerry. »Hier, das ist die jüdische Mutter, die Tochter, das Enkelkind, die kleine vierjährige Ilse – alle 1941 in Kaunas ermordet ... Die Mutter, die übrigens auch Johanna hieß, hat bei ihrer Deportation noch die Reisenähmaschine mitgenommen, weil sie glaubte, sie könnte sie dort gebrauchen ...«

Vincent sieht, dass eine einzelne Träne aus Johannas Auge auf die Laptop-Tastatur fällt. »Entschuldigung«, sagt sie, und wischt sie schnell ab. Vincent umarmt sie von hinten und auch Jerry legt seine Hand auf ihren Arm.

Und plötzlich fühlt Vincent sich sehr seltsam. Als wären Raum und Zeit aufgehoben. Er denkt: Hier stehen wir auf Korsika und sehen die Straße, in der wir wohnen. Und wir sehen Menschen, die vor einem Jahrhundert dort gelebt haben und nun ermordet sind. Aber gleichzeitig sehen wir ihre Gesichter – und sie scheinen fast lebendiger als wir. Man könnte sich jetzt und hier verlieben in einen dieser wunderschönen Menschen, als wäre man gerade auf derselben Party mit ihnen. Man weiß gar nicht mehr, wo und wann man existiert. Und die Gesichter scheinen viel realer als die Häuser und die Jahrhunderte. Ja, diese Frau dort könnte ebenso meine Johanna sein und jene da Judith ... Ich könnte mich jetzt in sie verlieben, in dieser Sekunde ...«

***

Sie gehen zu dritt am Strand entlang. Barfuß in der Brandung. Es ist schon Nachmittag. Aber sie unterhalten sich immer noch atemlos. Sogar Vincent fühlt sich mitgerissen von diesem Gespräch. Vielleicht, weil ihn Jerrys Begeisterung ein wenig auch an Judith erinnert.

Johanna sagt: »Es ist alles so ergreifend, Jerry. Für mich besonders, in diesen Tagen ... Die Sache mit der Nähmaschine ...«

»Ja«, sagt Jerry. »Ein Freund von mir ist Lyriker. Er war bei der Aktion an diesem Abend dabei und hat sogar ein Gedicht darüber geschrieben. Es heißt *Gottes Nähmaschine* ...«

»Wirklich?«

»Ja, ich muss mal schauen. Wenn ich es finde, maile ich es euch bei Gelegenheit …«

Nach einer Weile fährt Jerry fort: »*By the way*, Johanna – weil du vorhin gesagt hast, dass du deinen Stammbaum ergänzen möchtest. Da kann ich dir helfen. Ich habe Zugriff auf eine riesige Datenbank mit jüdischen Namen und Lebensläufen, die ständig erweitert wird. Also wenn du mir die Namen und Daten sagst, die du schon weißt, dann kann ich ganz sicher die anderen Vorfahren finden … Das geht ganz schnell …«

»Das ist ja wunderbar, Jerry!«, ruft Johanna. »Das muss ich meiner Kusine Judith gleich sagen. Sie braucht mir ja nur ein Handyfoto ihres gezeichneten Stammbaumes zu schicken. Ich sag es ihr gleich heute Abend … Du musst sie kennenlernen, Jerry. Sie ist Künstlerin und macht Tonfiguren.«

»*Great!* Ich würde sie sehr gerne kennenlernen … Kunst ist immer gut!«

»Ja, sie macht Prophetenköpfe und andere Dinge. Also, nicht immer ganz theologisch korrekt … Da kommt schon mal ein achtarmiger Leuchter dabei raus …« Sie lacht. »Aber auf alle Fälle mit viel Gefühl … Propheten und Könige … David … Elija … alles Mögliche … Sie ist etwas exzentrisch …«

»Wir alle sind Exzentriker«, sagt Jerry und lacht.

»Schaut mal«, ruft Vincent. »Da liegen ja noch immer die letzten Überreste der Quallen am Strand, die der Wahnsinnssturm vorgestern angespült hat … Die verwesen jetzt langsam vor sich hin … oder vertrocknen in der Sonne …«

»Vorgestern war ich noch nicht da«, sagt Jerry. »Da gab es einen Sturm?«

»Ja, ganz furchtbar!«, sagt Johanna. »So etwas hab ich noch nie erlebt. Da sind Gegenstände durch die Luft geflogen wie bei einem Taifun. Sogar Gläser und Besteck. Sonnenschirme sind zerrissen. Ich hatte wirklich Panik, dass plötzlich unser ganzer Bungalow weggewirbelt wird. Und diese Töne! So etwas hab ich noch nie gehört! Wie die Stimme Gottes! Oder der Zorn Gottes! Ich hatte Todesangst … Gar nicht zu fassen, dass dies dasselbe Meer heute sein soll, wo wir jetzt am Strand herumspazieren und nur so eine sanfte Brise weht … Es ist wirklich wunderbar, hier so zu laufen und sich anwehen zu lassen von diesem leichten Wind ... Schaut! Da hinten sieht man heute sogar die Insel *Montecristo* leuchten!«

»Dazu fällt mir eine Geschichte ein«, sagt Jerry. »Zur Stimme Gottes. Eine Geschichte über den Propheten Elija, von dem du vorhin gesprochen hast ...«

»Dazu? Tatsächlich?«

»Ja, passt auf. Die Geschichte geht ungefähr so: Elija steigt auf den Gottesberg Horeb, um mit Gott zu sprechen. Warum, hab ich vergessen. Jedenfalls zieht er zum Übernachten in eine Höhle. Und er wartet darauf, dass Gott ihm erscheint und mit ihm spricht. Und da kommt zuerst ein starker, heftiger Sturm, der die Berge zersprengt und Felsen zerbricht. Aber Gott ist nicht in dem Sturm. Dann kommt ein furchtbares Erdbeben. Aber Gott ist nicht in dem Erdbeben. Und nach dem Beben erscheint ein gewaltiges Feuer. Aber Gott ist nicht in dem Feuer. Ganz zum Schluss hört Elija ein sanftes, leises Säuseln. Nur ein Wehen. Und da steht er auf und verhüllt sein Gesicht und tritt vor die Höhle – und was glaubt ihr? In diesem sanften Hauch ist Gott.«

»Wie wunderbar!«, sagt Johanna.

»Ja«, sagt Jerry. »Hat mir immer gefallen, diese Geschichte. Schon als Kind.«

16

Noch einen Kaffee?«, fragt Johanna. »Ist zwar nur Nescafé aber ...«

»Ja, gerne noch«, sagt Jerry.

Sie sitzen jetzt vor Johannas und Vincents Bungalow – es geht schon gegen Abend, aber die drei können sich immer noch nicht trennen. Obwohl Vincent zugleich mit heimlicher Freude die Sonne sinken sieht. Bald wird er Judith begegnen.

»Ich habe übrigens ein Attentat auf dich vor, Johanna«, sagt Jerry.

»Nämlich?«

»Du bist ja Anwältin ... und engagierst dich für Menschenrechte ...«

»Ja?«

»Ich könnte dich dringend gebrauchen! Für Vorträge an Schulen zum Beispiel, um jungen Menschen über den Holocaust zu erzählen – du wärst sicher ganz brillant ... Hättest du Interesse?«

»Jerry, du könntest mir keine größere Freude machen! Ich ...«

In dem Moment klingelt ihr Handy. »Ach, Judith! Ja ... ja ... wunderbar ... wir sind dann bereit ... aber du, falls es möglich ist ... könnten wir noch einen Gast ... wir haben da jemand getroffen, den du kennenlernen musst ... er ist übrigens Jude ...«

Jerry winkt im Hintergrund heftig ab und flüstert: »Nein, Johanna! Ich bin schon bei Freunden eingeladen!«

»Ah, okay ... ja, klar ... ja, er kann selbst gar nicht ... hat sich schon erledigt ... aber ja, ein andermal ... also bis dann ...«

Sie legt auf.

»Sehr lieb von dir, dass du an mich gedacht hast«, sagt Jerry. »Aber wie gesagt – ich bin selbst eingeladen. Ich müsste eigentlich schon unterwegs sein. Bis bald, ihr Lieben! Schalom!«

Damit umarmt er sie rasch und läuft eilig zu seinem Haus hinüber.

***

»In einer halben Stunde holt Pierre uns ab ...«, sagt Vincent. Er spürt selbst, dass der Satz zu verheißungsvoll klang.

»Ja. Leider«, erwidert Johanna prompt.

»Wieso leider?«

»Du glaubst gar nicht, wie schwer mir das jetzt fällt ...«

»Was?«

»Jetzt umzuschalten von Jerry auf Judith und Pierre ... Verstehst du, dieses Gespräch mit Jerry ... du hast das doch auch gespürt ...«

»Ja.«

»Es war so ... so unfassbar bewegend und inspirierend ... All das krempelt mein ganzes Leben um. Verstehst du. Nie war ich religiös. Aber dieses Foto der beiden Familien, Juden und Christen, wie sie gemeinsam gefeiert haben. Quasi unsere Nachbarn. Und dieser Spaziergang danach am Meer. In diesem sanften Wind. Es war wirklich, wie Jerry gesagt hat. Es war das Säuseln. Und in dem Säuseln war Gott.«

»Es hat mich schon auch sehr berührt ...«, sagt Vincent und denkt, wie schön es gewesen wäre, wenn Judith mit ihm in diesem sanften Säuseln spaziert wäre.

»Und wenn ich mir vorstelle, dass ich jetzt nach all dem wieder Standardkonversation betreiben soll ...«

»Na komm! Jetzt bist du aber ungerecht! Standardkonversation war das mit Judith nun wirklich nicht! Und in den letzten Tagen warst du davon auch sehr bewegt ...«

»Ja, stimmt schon. Ich bin ungerecht. Ich habe jetzt halt den Vergleich mit Jerry. Übrigens fand ich, dass Judith sich vorhin recht seltsam benommen hat ...«

»Inwiefern?«

»Als ich von Jerry sprach, hat sie sofort abgewimmelt ...«

»Na ja, das ist doch klar. Die haben jetzt für vier geplant mit dem Essen. Das wirft die ganze Planung um, wenn du da noch einen Gast anschleppst ...«

»Ich hab ihr extra gesagt, dass es um einen Juden geht! Wo sie doch nichts anderes als das Judentum interessiert. Dass sie das einfach so abgewimmelt hat …«

»Ja, wie auch immer«, sagt Vincent, der in seiner Vorfreude unbeirrbar ist. »Wir sollten uns fertig machen. Pierre ist gleich da.«

»Ja«, sagt Johanna. »Aber ich hab überhaupt keine Lust.«

17

Sie sitzen wieder zu viert auf der Terrasse des Berghauses. Pierre hat unter großem Aufwand eine grandiose *Bouillabaisse* mit *Rouille* und Baguette zubereitet und schenkt allen einen ausgezeichneten korsischen Weißwein ein. Der Meerblick ist so wunderbar wie gestern.

Dennoch herrscht eine seltsame Stimmung, die Vincent nicht richtig einschätzen kann. Judith hat sie beide nur mit flüchtiger Umarmung begrüßt. Seine Blicke ignoriert sie. Ja, sie weicht ihm aus. Wenn auch auf eine sehr geschmeidige Weise. Gewissermaßen unter der Nachweisgrenze. Doch sie entzieht sich ihm. Er ist irritiert. Enttäuscht. Und besorgt. Bereut sie, was gestern geschehen ist? Hat sie Angst, dass er zu viel hineindeutet? Oder haben die beiden gestritten?

Trotz allem muss er immer wieder zu ihr hinsehen. Sie trägt heute ein grünes Kleid, das nicht so festlich ist wie das gestrige blaue mit den Goldfäden, ihm aber noch besser an ihr gefällt. Um ihren Hals hat sie eine schwarze Lederschnur, an der ein silbernes Schriftzeichen baumelt, das vermutlich aus dem hebräischen Alphabet stammt. Sie schaut immer wieder versonnen vor sich hin. Und dann in die Ferne. Vincent sehnt sich nach ihrem Blick. Er wünscht sich so sehr, dass sie ihn ansehen würde mit ihren dunklen Augen. Nur für einen Moment. Was denkt sie bloß?

Pierre dagegen spielt den Alleinunterhalter. Er macht auf Stimmungskanone und erzählt alle möglichen Witze, die er vermutlich in seinem Standardprogramm für Touristen hat.

Als Johanna die Fischsuppe lobt und nur höflichkeitshalber nach dem Rezept fragt (denn Suppen kocht sie nie), sagt er: »Das war ganz einfach, da hab ich bloß bei unserem Aquarium die Temperatur auf 100 Grad hochgedreht.«

Er lacht sein heiseres Belmondo-Lachen.

Vincent kann sich nicht zurückhalten. Er fragt die seltsam verzauberte Judith quer über den Tisch hinweg: »Judith, was hast du da für ein Symbol um den Hals?«

Jetzt erwacht sie tatsächlich aus ihrem Bann und wirft ihm einen kurzen Blick zu. Dann hält sie den Anhänger etwas empor und sagt: »Das ist eigentlich kein Symbol, sondern ein Wort. *Chai*. Das jüdische Wort für das Leben. Hat man mir zumindest so gesagt. Ich hab zwar versucht, die Buchstaben zu lernen, aber ich verwechsle sie immer wieder … Wahrscheinlich konzentriere ich mich zu sehr auf die Ornamente und vergesse darüber die Bedeutung …«

»Ist ja egal«, sagt Vincent. »Es sieht jedenfalls sehr schön aus.«

»Danke«, sagt sie und schaut ihm diesmal voll in die Augen.

»Sag mal«, beginnt Johanna. »Gab es eigentlich bei Omas Schmuck irgendwelche Stücke wie dieses? Soweit ich weiß, ging der Schmuck ja in eure Familie. Ich meine: Gab es Schmuck, der irgendwie die jüdischen Wurzeln verriet?«

»Ich weiß es nicht«, sagt Judith. »Nach Mamas Tod habe ich die Kassette durchgeschaut, aber es war jetzt nichts dabei, was ich spontan als jüdisch erkannt hätte … Also nicht sowas wie das *Chai*, das ich am Hals trage …«

»Es wäre doch interessant, sich das nochmal alles genauer anzuschauen – weil Schmuckstücke ja oft über Generationen vererbt werden.«

»Ja, aber andererseits«, mischt sich Pierre ein, »andererseits wird der wenigste Schmuck, den Juden tragen, besonders jüdisch aussehen – das ist ja bei Christen auch so, wenn man sich nicht gerade ein Kreuz umhängt … Falls tatsächlich Erbstücke in dem Kästchen eurer Oma aus der jüdischen Familie stammen, werden wir ihnen das wahrscheinlich nicht ansehen …«

»Ja, wahrscheinlich nicht …«, sagt Johanna.

Vincent denkt, dass Judith irgendwie traurig wirkt, und das tut ihm so unendlich leid und er würde sie so gerne trösten, aber er weiß nicht, wie. Oder ist sie gar nicht traurig? Was geht in ihr vor? Zum Verrücktwerden, wie wenig er über sie weiß! Es geht ihm mit Judiths Gesicht wie mit dem Schriftzeichen an ihrem

Hals – er findet es wunderschön, aber er kann es nicht lesen. Vielleicht bedeutet auch beides dasselbe …

»Na dann: *L'Chaim!*«, sagt Vincent aus einem spontanen Impuls und hebt sein Glas. Alle heben die Gläser.

»*L'Chaim*«, sagt Judith und lächelt ihn zum ersten Mal an diesem Abend an.

Nach einer Weile beginnt Johanna erneut: »Wir haben heute ja eine neue Bekanntschaft geschlossen, wie ich Judith schon sagte …«

»Ja, entschuldige!«, sagt Judith. »Tut mir leid, dass ich so lahm reagiert habe. Ich bin heute etwas müde …«

»Nein! Das hab ich schon verstanden«, sagt Johanna. »Wenn wir euch da einfach so mit einem dritten Gast überfallen … Aber ihr müsst ihn unbedingt kennenlernen! Er ist wirklich ein sehr interessanter Mensch! Nein, ich untertreibe stark: Er ist umwerfend! Ihr werdet sehen! Vor allem du, Judith!«

»Hab ich das vorhin im Auto richtig mitbekommen?«, fragt Pierre. »Ihr habt im *Monte Cristu* einen Juden mit Kippa getroffen?«

»Ja«, sagt Johanna. »Er trug eine Kippa. Sonst hätten wir es nicht bemerkt.«

»Kippa sieht man hier auf Korsika nicht oft.«

»Nein, in München auch nicht. Aber Jerry – so heißt er übrigens – Jerry macht das seit ein paar Jahren absichtlich. Im Gegensatz zu vielen Juden trägt er die Kippa ganz offen. Man hatte ihn immer wieder gewarnt. Aber nichts ist passiert, sagt er. Er hatte immer nur positive Erlebnisse mit den Menschen.«

»Erstaunlich«, sagt Pierre. »Ich hätte mich das an seiner Stelle nicht getraut.« Mit diesen Worten steht er auf und geht ins Haus.

»Ich auch nicht«, sagt Judith. »Obwohl es natürlich schlimm ist, dass man sich so etwas überhaupt trauen muss …«

»Jedenfalls«, fährt Johanna hartnäckig fort. »Ihr müsst ihn kennenlernen!«

Judith hebt die Hand mit einer einladenden Geste.

»Ja, sehr gerne! Bringt ihn mit!«

Vincent ist sich nicht sicher, ob er die Kreise vermischen will. Insgeheim wäre es ihm lieber, die Stunden mit Jerry und die

Stunden mit Judith jeweils für sich zu genießen. Zwei ganz verschiedene Arten von Wunder. Aber Johanna will Menschen immer zusammenbringen. Er versteht die Idee dahinter. Trotzdem. Er fühlt sich dadurch regelmäßig überfordert. Im Grund kann er sich immer nur auf einen Menschen konzentrieren. Mehrere Menschen in einem Raum, und wären es die besten Freunde – das geht über seine Kraft. Er hat dann das Gefühl, keinem mehr gerecht zu werden. Und schon gar bei Judith ...

»Weißt du«, sagt Judith zu Johanna. »Dass ich vorhin so zurückhaltend war – das liegt ein bisschen auch daran, dass mich zu viele Gesichter auf einmal überfordern ... *Das Du füllt den Himmelskreis*, hab ich irgendwo bei Buber gelesen. So meine ich das. Oder so ähnlich ...«

»Ach, du liest Buber?«, sagt Johanna. »Ja, vielleicht hast du recht mit der Überforderung. Manchmal geht mir das auch so – aber ich bin sicher, du wirst von Jerry begeistert sein ... Übrigens wollte ich dich noch bitten, ob du mir unseren Stammbaum abfotografieren und aufs Handy schicken könntest – und vielleicht auch ein paar Briefe oder zumindest wichtige Briefstellen, wo Oma über ihre jüdische Abstammung spricht .... Weißt du, Jerry hat Zugriff auf eine Datenbank, mit der er solche Dinge recht schnell recherchieren kann, wenn ich es richtig verstanden habe ...«

»Ja, kann ich machen«, sagt Judith. »Wenn es nicht in den nächsten fünf Minuten sein muss ...«

»Also in zehn Minuten genügt völlig!«, sagt Johanna und lacht. Aber Judith geht auf den Witz nicht ein und schaut in die Ferne.

»Nein, ich will dich nicht nerven«, fügt Johanna rasch hinzu. »Wann immer es dir passt ...«

18

Da erscheint Pierre wieder auf der Terrasse. Er trägt eine Badehose und streicht sich selbstgefällig über den gebräunten und dicht behaarten Bauch.

»*Alors!* Wer springt mit mir noch in den Pool, bevor es dunkel wird?«

»Na ja«, sagt Johanna. »Zum Schwimmen sag ich nie nein! Ehrlich gesagt hab ich sogar meinen Badeanzug mitgenommen in der Hoffnung, dass ihr das anbietet …« Sie lacht. »Euer Swimmingpool ist schon toll, so mitten in den Bergen …«

»Ist er!«, ruft Pierre. Damit rennt er die Steintreppe zum Pool hinab und springt mit einem lauten Jodler hinein, dass es spritzt. »Los! Kommt!«

Vincent ist nicht wohl in der Klassenfahrt-Stimmung, die Pierre verbreitet. Er hebt entschuldigend beide Hände: »Vielen Dank für das Angebot! Aber ich muss passen! Nach *Bouillabaisse* und Wein überfordert mich das jetzt …«

»Ja, mich auch«, sagt Judith.

Johanna dagegen läuft mit ihrer Tasche kurz ins Haus und kommt gleich darauf im blaugrün gemusterten Badeanzug zurück, um Pierre auf etwas weniger spektakuläre Weise in das Becken zu folgen. Kurz darauf hört man beide planschen und lachen.

Judith und Vincent sitzen nun allein auf der Terrasse, die man vom Pool aus nicht einsehen kann. Plötzlich gibt es nur noch sie zwei. Judith scheint aufzuatmen. Als wäre sie zurückverwandelt. Sie schaut Vincent an, streichelt seinen Arm und lächelt: »Und? Willst du stattdessen meine neueste Schöpfung sehen?«

Judith ist wieder Judith! Vincent fühlt sich von ihrer Nähe überflutet. Er spürt, dass er sich in eine ethische Zwickmühle gebracht hat – aber Judith schaut ihn an und so ignoriert er das einfach. *Das Du füllt den Himmelskreis.*

»Ja«, sagt er, »sehr gerne!«

Zu zweit gehen sie auf dem schon im Halbdunkel liegenden Gartenpfad hinüber zum Atelier. Als gehörten sie zusammen. Judith schließt die Tür auf. Es ist gerade noch hell genug, um kein Licht zu machen. Sie tritt zum Arbeitstisch, wo das neue Werk in feuchte Tücher eingewickelt steht. Vincent vermutet einen weiteren Propheten-Kopf, aber als Judith die Lappen entfernt hat, erscheint etwas ganz anderes, das er nicht erkennt.

»Schau!«, sagt Judith und blickt ihn erwartungsvoll an. »Weißt du, was das ist?«

»Hm!«, sagt Vincent. »Sieht aus wie der Entwurf zu einer Figur – als hättest du erst die grobe Form modelliert, um sie dann feiner auszuarbeiten.«

»Nein«, sagt Judith. »Die Figur ist so schon fertig!«

»Ah! Eher abstrakte Kunst …«

Judith lächelt. »Nein, das ist ein Golem!«

»Ein Golem! Darauf hätte ich auch kommen können! Tut mir leid – ich weiß nicht so genau, wie ein Golem ausschaut …«

»Weiß ich auch nicht! Das ist eben *mein* Golem. Der schaut so aus.«

Nun lächelt Vincent. Dieses klumpige Wesen kommt ihm irgendwie rührend vor.

»Also ich finde ihn sehr sympathisch. Er schaut so kindlich und so erstaunt drein. Er gefällt mir wirklich. Ja, ich mag ihn.«

»Ja«, sagt Judith. »Ich auch. Irgendwie entspricht er mir am meisten. Er ist mir lieber als all meine Propheten-Köpfe. Ein Golem – das ist etwas Unfertiges. Ich hab gelesen, in der rabbinischen Tradition nennt man auch einen Embryo Golem. Oder eine Frau, die noch kein Kind empfangen hat. Also im Grunde bin ich auch ein Golem …« Sie lacht. »Wahrscheinlich kann ich mich deshalb so gut mit diesem Wesen identifizieren. Einfach so ein Erdklumpen, dem du Leben einhauchen musst. So etwas macht mir ungeheuren Spaß. Mit beiden Händen im Ton wühlen und etwas erschaffen. Da konnte ich mich richtig ausleben.«

»Ja, das sieht man«, sagt Vincent, ergriffen von ihrem intimen Geständnis.

»*Du* siehst es!«, sagt Judith und schaut ihn an. Sie geht auf ihn zu, tritt ganz dicht an ihn heran, dass ihr Körper ihn fast berührt und nähert ihr Gesicht dem seinen.

»He, wo bleibt ihr?« Pierres nasser Kopf erscheint in der Tür. »Knutscht ihr zwei hier im Dunklen rum oder was macht ihr? Es gibt Dessert!«

***

»Wenn ihr wollt, kann ich euch morgen abholen, und wir fahren zu der *Cascade de l'Uccelluline*. Das ist so ein Wasserfall bei *Cervione*. Wenn man da einen steilen Seitenweg hochkraxelt, gibt es oben ein Becken mit Wasser, in das nur eine Stunde am Tag die Sonne scheint. Eisig. Wenn man die Füße reinsteckt, glaubt man, man stirbt«, sagt Judith und leckt von ihrem Löffel *Crème Caramel*. Äußerlich merkt man ihr nichts an, während Vincent immer noch um Fassung ringt.

»Ein Eiswasserbecken?«, fragt Johanna – mit so wenig Begeisterung, dass Judith schnell hinzufügt: »Ja, aber das klingt jetzt falsch. Das ist sehr schön und ruhig da droben. Zumindest, wenn man den richtigen Zeitpunkt erwischt und keine Touristen da sind. Ich kann es nicht recht beschreiben. Eine wunderbare Stille. Also ich finde das so meditativ. Aber natürlich nur, wenn ihr wollt.«

»Mich würde das schon sehr interessieren«, sagt Vincent offensiv, ohne Johanna anzuschauen.

»Ja, mich auch«, sagt Johanna. »Aber wahrscheinlich wird es morgen zu knapp. Wir haben ja noch einiges vor …«

Vincent spürt Johannas Widerstand – sanft, aber entschieden. Er kennt sie gut genug. Was hat sie mitbekommen? Was hat sie gesehen?

Als sie schon zur Heimfahrt aufstehen, sagt Johanna: »Ach, Judith! Ich seh gerade, dass drinnen auf dem Schreibtisch die Pergamentrolle mit dem Stammbaum liegt. Wenn du sie mir schnell aufrollst, fotografiere ich sie rasch ab – dann hast du keine Mühe mehr damit …«

Wortlos geht Judith nach drinnen, holt die Rolle, wickelt das Lederband ab und breitet das Pergament auf dem Tisch aus. Während Johanna in Windeseile mehrere Fotos mit ihrem Smartphone schießt, blickt Judith in die Ferne.

»Schon fertig!«, ruft Johanna. »Tausend Dank!«

Judith lässt das Pergament los, so dass es sich wie ein lebendiges Wesen von selbst zusammenrollt.

19

Einen Golem? Das ist nicht dein Ernst!«, sagt Johanna, während sie sich vor dem Spiegel abschminkt. Vincent liegt schon im Bett. Das Zimmer ist dunkel bis auf den Lichtschein aus dem Bad.

»Wieso?«, fragt er, verärgert über sich selbst: Warum musste er nur von dem Golem erzählen?

»Einen Golem! Ich bitte dich! Judith bedient wirklich sämtliche jüdischen Klischees. Dabei weiß sie wahrscheinlich absolut gar nichts über den Golem. Genauso wenig wie über ihr angebliches *Chai* an ihrem Hals. Ich hab das Gefühl, das ist alles nur ein Spiel für sie. Sie spielt Jüdin.«

»Na ja, es muss ja nicht immer alles so exakt sein wie ein juristischer Schriftsatz ...«

»Hör ich da Kritik an mir heraus?«

»Nein, nein. Ich meine bloß. Man kann das ja auch entspannt sehen ...«

»Na, ich weiß nicht. Und gleichzeitig drückt sie sich um jede ernsthafte Beschäftigung mit dem Thema. Dieses Theater, bis ich endlich den Stammbaum abfotografieren durfte! Dabei muss es sie doch ebenso brennend wie mich interessieren, mehr über unsere Familie zu erfahren! Und wenn ich ihr schon die Möglichkeit biete, Jerry kennenzulernen! Einen Juden, der uns wirklich in jeder Hinsicht helfen kann! Nichts! Null Interesse!«

»Ach, Johanna, du übertreibst! Du lässt jetzt kein gutes Haar an ihr. Dabei wüsstest du ohne sie gar nichts über eure jüdischen Vorfahren.«

»Ja, vielleicht übertreibe ich. Aber sie macht mich langsam verrückt mit ihrer transusigen Art.«

»Transusig!« Vincent lacht über das Wort. »Die Menschen sind eben verschieden. Vielleicht nimmst du ihr mit deiner Art die Freude an der Sache.«

»Ja, Judith und ich sind grundverschieden«, sagt Johanna, während sie neben ihm unter die Decke schlüpft. »Obwohl wir Kusinen sind und die gleichen Augen haben. Komplett verschieden. Und? Findest du sie attraktiver mit ihrer transusigen, verschlafenen Art und ihrem *Chai* und ihrem Fantasie-Golem?«

»Nein, natürlich nicht.«

»Lügner«, sagt sie und küsst ihn und streift ihr Nachthemd ab und beginnt, sich an ihn zu drängen. »Da hast du deinen Golem! Los, knet mich durch!« Ihre Haut riecht nach dem Meer.

***

Vincent hat tiefer geschlafen, als er gedacht hatte. Jetzt im Erwachen fallen ihm Johannas Zärtlichkeiten der letzten Nacht ein. Und dann wieder der Augenblick mit Judith und ihrem Golem. Spontan hat er das Gefühl, eine Frau betrogen zu haben. Er weiß nur nicht, welche mit welcher. Judith mit Johanna, weil der unerfüllte Augenblick im Atelier durch geheimnisvolle Alchemie in seine Nacht mit Johanna eingeflossen ist? Oder Johanna mit Judith – aus demselben Grund? Oder beide? Oder nur sich selbst? Das kommt ihm alles vor wie ein Vexierbild. Er muss erst die Bilder trennen und sortieren. Was hat Johanna beim Zubettgehen gesagt? Wir sind Kusinen und haben die gleichen Augen. Ja, das stimmt. Und stimmt auch wieder nicht. Es sind zwar die gleichen Augen, aber der Blick ist ganz verschieden. Und so sind es ganz verschiedene Augen. Aber was ist eigentlich der Blick, unabhängig von den Augen? In der Realität sind natürlich auch die Augen immer verschieden. Sie können sich nur ähnlich sehen. Aber macht das schon einen verschiedenen Blick aus? Ich bin noch nicht ganz wach, denkt Vincent. Ich kläre das, wenn ich wach bin. Dann fällt ihm das Wort *transusig* wieder ein. Johanna hat Judith transusig genannt. Und verschlafen. Stimmt das? Vincent findet das überhaupt nicht. Judith kommt ihm eher hellwach und lebendig vor. Wie kann sie dann für Johanna transusig und verschlafen erscheinen? Weil die beiden in völlig verschiedenen, ja, inkompatiblen Welten leben. Und weil gerade die Eigenschaften, die Judith in ihrer eigenen Welt hellwach und lebendig machen, sie in Johannas Welt verschlafen und transusig machen.

In dem Augenblick hört er draußen vor der Tür Stimmen. Erst jetzt wird ihm klar, dass die Tür offensteht. Es sind zwei Stimmen, etwas weiter entfernt. Jerry und Johanna am Strand. Vincent versteht nur Wortfetzen. Hört Lachen. Und jetzt zielstrebige Schritte im Sand. Lauter werdend. Aufs Haus zu. Der Holzladen vor der Tür wird energisch zurückgeklappt. In die dämmerige Höhle flutet Licht. Johanna tritt ein, beugt sich über ihn und küsst ihn leidenschaftlich.

***

»Es ist natürlich furchtbar schade, dass Jerry morgen früh schon abreist. Er muss überraschend wegen einer Beerdigung nach München«, sagt Johanna und trinkt einen Schluck von ihrem Milchkaffee. »Und heute ist er ab neun mit Freunden unterwegs, den ganzen Tag. Wir werden uns also kaum noch sehen. Aber er hat versprochen, dass wir uns gleich nach unserer Rückkehr in München treffen. Wir sind schon eingeladen zu *Spicy Hummus*. Außerdem konnte ich ihm eben schnell das Foto von unserem Stammbaum zeigen. Ich hab es ihm über WhatsApp geschickt. Er will es sich noch vor dem Aufbruch anschauen und die Namen in der Datenbank abfragen. Ich bin wirklich gespannt, ob er etwas Neues herausfindet. Er klingt recht optimistisch.«

»Das wäre ja toll«, sagt Vincent. »Dann könntet ihr die Lücken im Stammbaum ausfüllen. Das musst du nachher Judith erzählen.«

»Falls es sie überhaupt interessiert …«

»Wir fahren doch jetzt mit ihr zu dieser *Cascade*. Du hast ihr ja Bescheid gesagt?«

»Ja. Vorhin hab ich ihr in guter Laune eine SMS geschickt, dass sie uns später zu dem Ausflug abholen kann … aber ich bereue es schon wieder … Ich meine, jetzt sind wir hier auf dieser wundervollen Insel – *île de beauté* – und was will sie uns zeigen? Ein Eiswasserbecken, zu dem man hochkraxeln muss und wo man sich die Füße abfriert! Mal ehrlich: Auf so eine Idee kann bloß Judith kommen …«

20

Johanna und Vincent schwimmen im Meer. Johanna weit, weit draußen. Sie ist eine hervorragende Schwimmerin. Vincent dicht am Strand. Er geht ungern ins Wasser. Die Luft ist eher sein Element. Und vor allem das Licht. Aber heute hat er sich zum Schwimmen entschlossen. Weil es so ein wunderbarer Morgen ist. Und weil das Wasser heute eigentlich nur aus Licht besteht. Er denkt über Judith nach. Über den Überraschungskuss vorgestern. Und über den Beinahe-Kuss gestern, der ihn fast noch tiefer berührt hat. Wieder und wieder spielt er im Geist diese Sekundenszene ab. Im Halbdunkel ihr Mund, der sich nähert. Wie eine Filmsequenz. Wieder und wieder. Er weiß nicht, was aus alldem werden soll. Er hat keine Ahnung, was Judith sich dabei denkt. Aber es scheint ihm völlig unvorstellbar, in wenigen Tagen abzureisen und einfach in das gewohnte Leben in München zurückzukehren. Judith ist … er findet kein Wort dafür. Aber die Freude, sie bald schon wiederzusehen, erfüllt ihn ganz und gar. Sie ist das Licht, in dem er schwimmt.

In dem Moment sieht er eine lange, dünne Gestalt am Strand auftauchen. Jerry breitet von fern die Arme aus und lacht und winkt. Dann muss er die Kippa festhalten, dass sie ihm im leichten Meerwind nicht fortfliegt. Rasch schwimmt Vincent ans Ufer zurück und watet ihm entgegen.

»Schalom!«, ruft Jerry und macht, da Vincent tropfnass ist, eine Umarmungsgeste in der Luft.

»Schalom!«, sagt Vincent.

»Entschuldige! Ich wollte dich jetzt nicht aus dem Wasser holen …«

»Kein Problem! Ich wäre sowieso schon wieder herausgekommen.«

»Es ist nur … Johanna hat es sicher erzählt … ich muss gleich weg. Freunde holen mich mit dem Auto ab. Wir fahren in die Berge zum Wandern.«

»Ja, das hat sie gesagt.«

»Aber sie hat mir vorhin noch ihren Stammbaum aufs Handy geschickt und ich habe die Namen in der Datenbank abgefragt. Leider hatte ich keinen Treffer. Die Datenbank ist natürlich nicht vollständig. Tut mir leid, dass ich Johanna enttäuschen muss. Ich hätte ihr gern etwas Neues berichtet. Jedenfalls sag ihr bitte – ich bleibe dran. Wir sehen uns sicher morgen früh noch vor meiner Abreise. Und dann sowieso in München. Umarm sie von mir!«

Er lacht und macht wieder eine Luftumarmung. Dann ruft er »Sorry! Ich bin in Eile! Schalom!« und läuft zu seinem Bungalow.

***

»Also enttäuscht bin ich schon«, sagt Johanna. Sie steht nackt mitten im Zimmer und frottiert sich die Haare. Ihre Brüste vibrieren von der Bewegung. »Ich hatte mir so große Hoffnungen gemacht, dass Jerry etwas Genaueres über unsere jüdischen Vorfahren herausfindet. Verstehst du – jetzt sind das halt bloß Namen. Auch die Namen finde ich schon sehr bewegend. Aaron Kaufmann. Abel aus Brünn. Ich bekomme richtig Gänsehaut, wenn ich das so sage. Schau, hier!« Sie hält ihm ihren Arm hin, auf dem sich tatsächlich die feinen Härchen sträuben. »Aber ich wüsste doch gern mehr. Wie sie gelebt haben. Welche Berufe sie hatten. Und so weiter. Ihr ganzes Leben halt. Ich möchte sie vor mir sehen. Ihre Gesichter, sozusagen.«

»Ja«, sagt Vincent. »Das verstehe ich sehr gut.«

Johanna sieht sehr schön aus, wie sie nackt im Licht steht und so ergriffen über ihre jüdischen Ahnen spricht.

Sie sagt: »Ich bin Judith sehr dankbar, dass sie all das ausgegraben hat. Aber ganz ehrlich: Bei ihr ist das alles nur Murks. Genauso wie ihr zusammengematschter Golem. Gut gemeint. Aber man kann damit nichts anfangen. Ich brauche einfach mehr Informationen. Wenn sie uns nachher um elf abholt, setz ich ihr die Pistole auf die Brust. Ich will, dass sie mir endlich die Briefe von Oma in die Hand gibt. Ich muss mich selbst um die Sache kümmern. Und zwar solange wir noch hier sind, auf Korsika. Sonst wird das nie was.«

***

Es ist schon halb zwölf, aber noch immer keine Judith.

»Typisch«, sagt Johanna. »Diese Transuse. Zuerst ist der Ausflug ganz, ganz wichtig. Unbedingt zum Wasserfall und dem Eisbecken. Und jetzt erscheint sie nicht.«

»Sie kommt sicher gleich«, sagt Vincent. Aber im Herzen ist er noch viel unruhiger als Johanna. Was hat Judiths Ausbleiben zu bedeuten? Transusigkeit wäre für ihn noch die erfreulichste Interpretation. Wo kann sie nur bleiben? Hat sie es sich anders überlegt? Hat sie sich überhaupt alles anders überlegt? Schon gestern bei ihrer Ankunft wirkte Judith so fern, als bereute sie ihre Vertraulichkeiten mit ihm. Vor allem den Kuss. Später, als sie allein waren, taute sie wieder auf. Ihre Augen schauten ihn wieder an. Sie führte ihn in ihr Reich. Und dann im Halbdunkel dieser Augenblick. Was wäre geschehen, wenn Pierre nicht hereingeplatzt wäre? Hat diese grobe Unterbrechung für sie den Zauber nun endgültig zerstört?

Vincent geht rastlos vor der Terrasse auf und ab und läuft sogar mehrfach vors Haus, um nach dem Wagen zu spähen.

»Davon kommt sie auch nicht schneller«, sagt Johanna.

»Kannst du sie nicht auf dem Handy anrufen?«

»Schon versucht. Nicht eingeschaltet.«

So läuft Vincent weiter auf und ab, während Johanna im Liegestuhl wenigstens liest. Zweimal erscheint Noir und starrt Vincent fragend an. Er sucht seine toten Herrchen. Verschwindet dann wieder. Vincent fühlt sich wie Noir.

»Lies halt etwas!«, sagt Johanna. »Du machst mich mit deinem Herumgerenne ganz nervös.«

Vincent begreift, dass er nicht auffallen darf. Sein Verhalten wird langsam verdächtig. Fünf Minuten lang zwingt er sich, auf einem Stuhl zu sitzen und in *The Great Gatsby* zu starren. Zwecklos. Er springt wieder empor und blickt zum tausendsten Mal auf die Uhr. Es ist schon nach zwölf.

Da hört man einen großen Wagen in die Anlage einbiegen und über den Kiesweg herbeifahren.

»Da ist sie!« Vincent läuft sofort vor den Bungalow, wo gerade der schwarze Range Rover zum Stehen kommt. Hinter der spiegelnden Scheibe erkennt Vincent Judiths Gesicht. Sie zieht die Handbremse an. Kramt herum. Scheint noch etwas zu suchen. Schnallt sich dann ab und steigt aus. Sie trägt ein neues weißes Kleid mit schwarzem Blumenmuster. Vincent eilt ihr entgegen, um sie zu umarmen. »Schalom, Judith!«, ruft er und breitet die Arme aus.

Aber sie geht gar nicht darauf ein, sondern schaut ihn nur an. Erst jetzt sieht er, wie verstört sie wirkt.

»Tut mir leid, dass ich so spät komme!«, sagt sie grußlos. »Bei uns gab es noch einen Unfall.«

»Unfall? O Gott! Es ist doch nichts mit Pierre!«

»Nein, nein! Aber der Nachbar hat eine unserer Katzen überfahren. Sie hat noch geschrien. Es war schlimm.«

»Was? Katze überfahren?«, ruft Johanna, die jetzt ebenfalls vors Haus gekommen ist. »Ach, Judith! Das tut uns furchtbar leid!« Sie umarmt sie. Vincent würde Judith brennend gern umarmen, aber es kommt ihm jetzt falsch vor. Als würde er ein Unglück Judiths missbrauchen, um ihr nahezukommen.

»Ist die Katze tot?«, fragt Johanna.

»Ja«, sagt Judith. »Rückgrat gebrochen. Pierre kümmert sich darum, sie zu begraben.«

»Da hast du jetzt natürlich keinen Kopf für einen Ausflug mit uns«, sagt Johanna.

»Ach doch. Das geht schon«, sagt Judith. »Ich hab mich schon wieder gefangen. Es ist sogar ganz gut, jetzt da hoch in die Berge zu fahren. In die Stille.«

»Pass auf«, sagt Johanna. »Ich mach dir einen Vorschlag. Wir bleiben jetzt erst mal hier. Ich koch dir einen Kaffee oder Tee. Und danach können wir immer noch fahren.«

»Ja, danke«, sagt Judith. »Obwohl – ich brauch das eigentlich nicht. Ich bin okay. Wirklich. Ich bin gar nicht so eng mit den Katzen. Pierre ist der Katzenvater. Ihn hat es vor allem getroffen. Er hat geweint. Aber ich bin okay. Von mir aus können wir gerne fahren. Wie gesagt: Da oben ist es sehr schön. Diese kleine Quelle. Es sei denn, ihr habt jetzt doch keine Lust mehr ...«

»Mein Vorschlag: Du setzt dich jetzt noch eine Viertelstunde mit uns auf die Terrasse«, sagt Johanna. »Ich brauch sowieso noch ein paar Minuten.«

»Okay.«

21

Während Johanna im Haus hantiert, sitzt Judith draußen auf einem der weißen Plastikstühle und schaut in die Ferne. Vincent sitzt ihr gegenüber und sieht sie an. Sie erscheint ihm gleichzeitig überirdisch schön und völlig unerreichbar. Er weiß nicht, ob es die tragische Situation ist. Die Begegnung mit dem Tod. Auch wenn es nur der Tod einer Katze war. Sie kommt ihm jedenfalls vor wie eine Schauspielerin in einer griechischen Tragödie. Zu seinem Schreck entdeckt er auf ihrem Kleid einen kleinen Blutfleck.

»Judith!«, sagt er.

Sie blickt ihn an – und sie lächelt. Er wagt es, seine Hand kurz auf ihre zu legen. Dabei sieht er, dass sie heute keinen Nagellack mehr aufgetragen hat und dass unter ihren Fingernägeln wieder Tonspuren zu sehen sind.

Als Johanna ins Freie kommt, zieht Vincent seine Hand zurück, was ihm nachträglich nicht richtig scheint. Heuchlerisch. Aber es ist schon passiert.

»Übrigens, Judith«, sagt Johanna. »Vielleicht interessiert es dich: Vorhin war Jerry noch hier. Ich hatte ihm doch unseren Stammbaum geschickt und er hat die Namen in der Datenbank gesucht. Leider keine Treffer. Aber er bleibt dran. Und ich teile dir natürlich auch alles mit, was ich herausfinde.«

»Danke«, sagt Judith.

»Sag mal, gibt es außer den Briefen von Oma noch irgendwelche anderen Dokumente zu unseren jüdischen Vorfahren?«

»Also, vielleicht gibt es welche. Aber ich habe keine.«

»Umso wichtiger wäre es für mich, dass ich die Briefe einmal selbst sehe. Das verstehst du doch sicher, Judith. Ich bräuchte sie nur ganz kurz, um sie abzufotografieren. Oder zumindest die wichtigen Stellen. Das ginge ganz rasch. So wie gestern. Könnte ich das heute Abend vielleicht machen?«

»Ja«, sagt Judith. »Obwohl, da gibt es gar nicht so viel abzufotografieren ...«

Sie schaut wieder aufs Meer hinaus. Vincent wirft Johanna einen Blick zu. Warum kann sie Judith nicht einen Moment in Frieden lassen? Sie musste gerade beim Sterben ihrer Katze zusehen ... wie das Tier mit gebrochener Wirbelsäule dalag ... noch schrie ... Auf ihrem Kleid ist Blut ...

Doch Johanna ignoriert seinen Blick. Sie tritt zu Judith und streichelt ihren Oberarm. »Weißt du, ich will dich nicht nerven, Judith. Und es ist jetzt natürlich auch der falsche Moment. Nach dem Unfall mit der Katze. Ich weiß schon. Ich bin furchtbar penetrant. Aber du musst das verstehen. Das interessiert mich einfach so brennend. In ein paar Tagen bin ich wieder in München und dann ist alles schon sehr schwierig. Darum will ich die Gelegenheit nützen, solange ich noch hier bin, und gleich Nägel mit Köpfen machen. Ich will einfach schwarz auf weiß sehen, was Oma schreibt, damit ich dann selbst weiter forschen kann ...«

»Johanna!«, sagt Vincent so leise, dass niemand es hört.

»Also, so viel Genaues schreibt Oma gar nicht«, sagt Judith.

»Ja, aber was zum Beispiel?«, fragt Johanna.

»Ja, was ich schon sagte: dass sie aus Kreisen stammt, die einer gewissen Verfemung unterliegen ...«

»Na ja, das ist doch sehr vage ... und sonst ...?«

»Sie schreibt, dass das Leben in ihrer Situation sehr schwierig ist in dieser Zeit.«

Johanna lacht. »Ja, aber aus diesen beiden Stellen allein hast du ja wohl nicht geschlossen, dass sie Jüdin war!«

»Eigentlich schon. Ich meine, das klingt doch so ...«

»Moment!«, sagt Johanna. »Aber du willst mir doch nicht erzählen, dass sich unser Judentum allein auf diese Formulierungen stützt?«

»Für mich waren diese Zeilen eigentlich klar. Was sollte sie denn sonst damit meinen?«, sagt Judith und schaut Johanna voll an.

»Judith! Das ist doch wohl nicht dein Ernst!«, ruft Johanna. »Diese Zeilen können doch alles Mögliche bedeuten! Ich meine, was heißt schon *gewisse Kreise* und *Verfemung*! Vielleicht hat sie mit den Sozialisten sympathisiert oder war in der katholischen Jugend! Und wer hatte keine *Schwierigkeiten* zur Nazizeit! Das beweist gar nichts! Du musst doch sonst irgendwelche Belege haben! Wie hast du denn die Namen unserer Vorfahren für den Stammbaum ermittelt?«

»Ja, ich hab doch gesagt, ich hab an Archive geschrieben. Ich wusste, dass Omas Großeltern Steiger hießen. Und ich erinnere mich nicht mehr genau, wie – jedenfalls bin ich dann auf irgendeine Verbindung zu dem Namen Kaufmann gestoßen – und das ist doch ein jüdischer Name. Und dann hab ich eben nach Juden mit dem Namen Kaufmann gesucht, die in dem Ort lebten, wo Oma herkam, und mir den Rest rekonstruiert …«

»Ja, aber Judith! Was soll das denn bitte heißen? Du erinnerst dich nicht mehr genau! Irgendeine Verbindung! Den Rest rekonstruiert! – Das können doch *irgendwelche* Kaufmanns gewesen sein! Kaufmann ist doch ein häufiger Name! Hattest du denn überhaupt keine näheren Informationen …«

»Johanna!«, sagt Judith und schaut sie an. »Ich hab das nicht so wissenschaftlich betrieben. Ich hatte das Gefühl, dass es stimmen könnte. Es fühlte sich alles einfach richtig an.«

»Du hattest das Gefühl? Ist das alles? Gefühl? – Und was ist mit den Tatsachen? Dass niemand in unserer Familie je von jüdischen Vorfahren gesprochen hat? Dass Jerry in seiner Datenbank keine Spur von ihnen findet?«

»Aber schau dir doch unsere schwarzen Augen an …«

»Unsere schwarzen Augen? Und das soll jetzt der Beweis sein …?«

»Für mich schon … irgendwie …«

»O Gott! Judith! Ich verliere langsam den Verstand!«, ruft Johanna und schlägt die Hände vors Gesicht. »Was tust du mir an! Ist dir klar, dass du mit deiner zusammengesponnenen Geschichte mein ganzes Weltbild umgekrempelt hast! Seit Tagen denke ich über nichts anderes nach! Ich empfinde auf einmal ganz neue religiöse Regungen! Ich beginne plötzlich, an Gott zu glauben! Ich mache bereits mit Jerry Synagogenbesuche aus! Und nun erzählst du mir einfach so, dass das alles Fake ist!«

»Aber es ist doch nicht Fake!«, sagt Judith.

»Natürlich ist das Fake!«, ruft Johanna. »Was denn sonst? Du weißt gar nichts! Alles nur Wunschdenken! Fantasiegebilde! Du hast dir das frei ausgedacht! Weil du deine Lebenskrise bewältigen wolltest! Weil du etwas Besonderes sein wolltest! Unsere jüdische Abstammung ist Fake! Omas Lebensgeschichte ist Fake! Das ganze religiöse Getue ist Fake! Deine Chagall-Propheten und deine achtarmigen Leuchter und deine Matsch-Golems – alles nur Fake! Sogar dein Name ist Fake! Du heißt Nora! Nicht Judith, verstehst du! Nora! Alles Fake!«

Sie dreht sich herum und verschränkt die Arme und starrt aufs Meer, um Fassung zu gewinnen.

»Johanna, bitte!«, wagt Vincent erstmals in diesem Gespräch die Stimme zu erheben. »Du übertreibst wirklich maßlos …«

Johanna fährt herum und schaut Judith an: »Ich fühle mich betrogen! Verstehst du? Betrogen.«

Mit diesen Worten dreht sie sich um und geht über den Strand davon.

Judith steht auf und ruft ihr verstört hinterher: »Johanna!«

Aber Johanna reagiert nicht. Sie geht einfach weiter.

»Lass!«, sagt Vincent leise. »Wenn sie so ist, muss man sie einfach gehen lassen. Sie kann sich nur selbst beruhigen. So ist das immer bei ihr. Irgendwann kommt sie wieder zurück und ist wieder sie selbst.«

So stehen die beiden nebeneinander am Strand und sehen zu, wie Johanna sich entfernt.

Immer weiter. Bis sie in der nächsten Bucht verschwunden ist.

Lange Zeit stehen Judith und Vincent reglos da. Judith schaut aufs Meer. Vincent schaut abwechselnd auf Judith und aufs Meer. Sein Herz rast. Er weiß nicht, was er sagen soll. Er empfindet alles gleichzeitig: Liebe und Mitleid für Judith. Liebe und Mitleid für Johanna. Und Judiths Nähe und Ferne zugleich ist in diesem Augenblick ebenso bestürzend wunderbar wie unerträglich. Er spürt den übergroßen Drang, Judith zu küssen. Und eine ebenso große Furcht, dadurch alles zu zerstören. Egal, denkt er. Tu es einfach! Jetzt! Los! Jetzt! – Aber er rührt sich nicht. Er steht nur da mit rasendem Herzen.

Nach einer Ewigkeit geht Judith ein paar Schritte aufs Meer zu. Vincent folgt ihr vorsichtig. Sie sagt, ohne ihn anzuschauen: »Ich glaube, für Johanna bin ich jetzt erledigt. Weißt du, ich habe das nie so gemeint. Ich wollte sie doch nicht betrügen. Ich bin ein völlig anderer Mensch als Johanna. Nicht so rational. Mir sind solche Dinge nicht so wichtig: Jahreszahlen, Datenbanken ... Der Stammbaum sollte nur so eine Art Mandala sein. Judentum ist mehr eine Stimmung für mich. Ja, eine Stimmung. Wenn ich in meiner Werkstatt sitze, mit einem Klumpen Ton, dann fühle ich mich so frei ... dann kommt mir alles, was ich mache, irgendwie heilig vor ... Vielleicht hab ich mich in die ganze Sache zu sehr hineingeträumt. Aber was spielt das für eine Rolle! Irgendwie sind wir Menschen ja alle verwandt und irgendwo in unserem Stammbaum wird es schon Juden geben. Es war doch alles nur positiv! Zumindest bis jetzt ...«

Nach einer Pause dreht sie sich um und schaut ihn an und sagt: »Bin ich für dich jetzt auch erledigt?«

»Ach, Judith ...!«, sagt Vincent. Er geht auf sie zu und umarmt sie und will sie küssen. Jetzt wirklich! Aber sie legt ihre große Hand auf seine Brust und bremst ihn sanft. Statt ihn zu küssen, lehnt sie nur ihre Stirn an seine Schulter. So stehen sie eine Weile in unerträglicher Nähe und Distanz, bis sie ihn behutsam wegschiebt.

Sie blickt ihm in die Augen und sagt: »Danke.«

Dann geht sie über die Terrasse und ums Haus herum, ohne sich noch einmal umzuschauen. Vincent hört, wie der Range Rover startet und über den Kiesweg fortfährt.

22

Es wird schon langsam dunkel. Vincent sitzt allein vor dem Bungalow. Er ist den ganzen Tag über immer wieder den Strand auf und ab gelaufen, kopflos. Er wusste nicht, wen er suchte. Johanna? Judith? Irgendwann hat er aufgegeben. Beide sind verschwunden. Er kann nur warten. Ein paarmal hat ihn Noir besucht und sie schauten einander hilflos an, während er den Hund kraulte. Jetzt sitzt Vincent einfach apathisch da wie in einem Wartezimmer und starrt das Meer an, als wäre es ein billiger Impressionistendruck an einer Krankenhauswand.

Plötzlich steht Johanna stumm vor ihm wie ein Geist. Und ebenso blass.

»Johanna!«, ruft er.

»Lass uns etwas essen gehen«, sagt sie.

»Was? Du willst jetzt einfach so essen gehen, als ob nichts passiert wäre? Wollen wir nicht reden?«

»Nein! Du weißt ja, ich muss mich selbst reparieren. Morgen bin ich wieder okay. So ist das immer. Gehen wir einfach essen.«

***

Sie sitzen wieder auf der Terrasse desselben Strandrestaurants. Diesmal zwei Tische weiter – genau an jenem Tisch, wo am ersten Tag Judith und Pierre gesessen haben. Vincent erscheint das wie ein zynischer Einfall des Schicksals. Er bemüht sich, nicht an jenen Abend zu denken. Nicht an die Blicke, die er Judith zuwarf. Nicht an den Augenblick, als Judith herüberkam zu ihrem Tisch und Johannas Schultern umfasste …

»Was isst du?«, fragt Johanna.

»Ich kann nichts essen«, sagt er.

»Doch, iss etwas. Bitte! Und wir bestellen Wein!«

Vincent begreift, dass Johanna damit beschäftigt ist, sich zu reparieren. Und all das gehört zur Reparatur. Die Rückkehr in dasselbe Restaurant. Der Wein. Das Essen. Also tut er ihr den Gefallen. Er nickt. Auch wenn er nicht weiß, wie er einen Bissen hinunterbekommen soll. Aber er hat das Gefühl, dies Johanna schuldig zu sein.

»Ich nehme heute etwas anderes«, sagt sie. »Probier du auch etwas Neues!«

Er weiß nicht, welche Strategie sie damit verfolgt, aber irgendwie hat sie die Rolle der Therapeutin für sie beide übernommen und er vertraut ihr. So nickt er zum zweiten Mal.

Da winkt Johanna den Ober herbei und führt mit ihm eine kurze Diskussion auf Französisch. Am Ende stimmt sie den Garnelen zu, die er ihr empfiehlt.

»Für dich auch, Vincent?«, fragt sie.

»Nein, ich nehme die Pizza *Reine blanche*«, erwidert er entschieden. Pizza kann man zur Not auch mitnehmen.

Johanna zuckt mit den Achseln und bestellt dazu noch eine Karaffe Wein.

Als der Ober gegangen ist, legt sie die Karte weg und beugt sich zu Vincent vor und schaut ihm in die Augen. Sie sagt: »Es ist schön, mit dir hier zu sitzen.« Johanna repariert die Wirklichkeit.

***

Es ist schon spät, als die beiden ihren Bungalow erreichen. Sie haben gesprochen. Wenige Sätze. Langsam und ernst. Aber nicht über Judith und nicht über die Geschehnisse des Tages. Als Vincent nun das Licht anknipst, sieht er, dass Johanna kreidebleich ist und sich an die Wand lehnt.

»Was ist mit dir?«, fragt er.

»Mir ist übel. Ich glaube, die Garnelen waren verdorben.«

»Eine Fischvergiftung?«, fragt er entsetzt. »Garnelenvergiftung?«

»Moment«, sagt sie und hastet an ihm vorüber ins Bad. Dann hört er, wie sie sich heftig übergibt. Dann wieder. Und wieder. Und wieder.

»Johanna!«, ruft er durch die Tür. »Was kann ich tun?«

»Nichts! Lass mich!«, antwortet sie mit so schwacher Stimme, dass ihm auf einmal himmelangst wird. Er erinnert sich an eine Familiengeschichte. Eine seiner Großtanten fuhr kurz vor dem Zweiten Weltkrieg auf Hochzeitsreise nach Venedig. Sie aß eine schlechte Auster und starb noch in den Flitterwochen in den Armen ihres jungen Mannes. Diese Erinnerung versetzt ihn in Panik. Was ist, wenn sie kollabiert und unter seinen Augen stirbt?

Er klopft wild an die Tür und schreit: »Johanna! Ich rufe einen Notarzt! Du musst ins Krankenhaus!«

Da öffnet sie die Tür und kommt ihm entgegen, bleich und schwach, aber sie lächelt ihn an: »Keine Angst! Geht schon wieder. Ich glaube, jetzt ist alles draußen.«

***

Eine Stunde später. Es ist finster. Die beiden liegen im Bett nebeneinander.

»Wie geht es dir?«, fragt Vincent.

»Viel besser. Ich bin schon wieder okay. Wirklich. Ich glaube, es war auch gar keine Garnelenvergiftung.«

»Sondern?«

»Ich weiß nicht. Das alles. Ich hab den ganzen Tag über nichts gegessen und lief in der prallen Sonne herum. Und dann das üppige Abendessen mit dem Wein … Und dann hab ich vorhin noch Tabletten geschluckt …«

»O Gott … welche denn?«

»Keine Sorge! Morgen bin ich wieder auf dem Damm. – Weißt du, was das Seltsame ist?«

»Was?«

»Die ganze Zeit, während ich mich übergeben habe, musste ich nur denken: Wenn ich jetzt sterbe, will ich auf einem jüdischen Friedhof begraben werden …«

»Ach, Johanna …«

»Ja, ich weiß! Das ist absurd! Ich bin gar keine Jüdin. Alles absurd. Trotzdem musste ich es denken …«

»Johanna, das alles …«

»Scht! Wir reden morgen! Da bin ich wieder okay! Schlaf!«

Aber Vincent wird nie mehr schlafen können.

***

Ein heller, lichtdurchfluteter Raum. In der Mitte steht ein Ateliertisch. Und an diesem Tisch sitzt Judith, mit dem Rücken zu Vincent. Jetzt erst sieht er, dass sie malt. Augen. In verschiedenen Farben. Rot, Blau, Ocker. Große, schöne Augen malt sie, mit langen geschwungenen Wimpern, die zugleich aussehen wie Schriftzeichen. Sie malt tief konzentriert. Nicht nur auf das Blatt vor sich malt sie, sondern auch darüber hinaus – auf die Tischplatte, auf ihr beiges Leinenkleid, auf ihre nackten Knie und den linken Arm. Während sie malt, hört Vincent sie tief atmen, wie in Meditation. Das Atmen geht über in ein Schnurren. Sie schnurrt jetzt wie eine Katze, während sie sich ein großes Auge auf die linke Handfläche malt. Vincent empfindet tiefe Rührung und Liebe zu ihr. Er legt die Hand auf ihre Schulter. Da dreht sie sich herum. Sie hat sich aufs Gesicht kreuz und quer Augen gemalt, einen Mund, eine Nase. Das Picasso-Gesicht des kleinen Mädchens am Meer. Lachend erhebt sie den Becher mit dem trüben Malwasser und prostet ihm zu: *L'Chaim!*

23

Es tut mir so leid«, sagt Johanna. »Ich war gestern außer mir. Ich musste mich erst wieder sammeln.« Sie schaut Vincent an. Es ist der nächste Morgen. Die Sonne ist eben aufgegangen und die beiden stehen am Meer.

»Ich weiß, dich hat das auch alles sehr mitgenommen. Ich sehe, wie fertig du bist, Vincent. Wirklich, es tut mir leid. Du schaust schrecklich aus! Bitte, versteh mich! Es war eine so furchtbare Enttäuschung. Ich fühlte mich so tief, tief betrogen. Nach all den Hoffnungen in den letzten Tagen. Aber ich hab mich beruhigt. Ich habe nachgedacht. Gestern schien mir alles nur Betrug. Aber jetzt glaube ich, ich muss Judith am Ende doch dankbar sein. Auch wenn sie das alles nur zusammenfantasiert hat. Mit ihrem achtarmigen Leuchter und ihrem Golem. Trotzdem. Durch sie hat sich mein Leben völlig verändert. Ohne sie hätte ich Jerry nie angesprochen und all das nie erlebt und erfahren. Jerry ist kein Fake. Und die Gesichter all der Toten aus unserem Nachbarhaus sind kein Fake. Und das Säuseln des Elija ist auch kein Fake. Ich hab es auf meiner Haut gespürt. Letztlich ändert das gar nichts. Ich bin jetzt fest entschlossen, mit alldem weiterzumachen. Ich werde in die Synagoge gehen. Die liberale Gemeinde hat nichts dagegen. Und ich werde Jerry bei seinen Aktionen helfen. Wirklich, ich bin wild entschlossen! Ich schreibe auch einen Brief an Judith und entschuldige mich bei ihr. Nachträglich schäme ich mich für all die Dinge, die ich ihr an den Kopf geworfen habe. Sie geht nicht mehr an ihr Handy. Ich hab es heute Morgen noch ein Dutzend Mal versucht. Sie reagiert überhaupt nicht mehr. Auch WhatsApp-Nachrichten hab ich ihr geschrieben. Aber sie schaut nichts mehr an. Es tut mir leid. Ich wollte sie nicht vernichten. Ich habe schlimme Sachen gesagt. Es war nicht ihre Schuld. Judith ist eben Judith. Ich weiß, du hast sie gern. Ich bin nicht blind. Aber letzten Endes mag ich sie auch, in ihrer konfusen Art. Und letzten Endes hat sie mir eine neue Welt eröffnet. Ich hoffe nur, es ist jetzt nicht alles aus zwischen Judith und uns ... Vincent! Sag doch auch etwas ...!«

»Johanna ...«, beginnt er.

In diesem Augenblick kommt eine lange dünne Gestalt in der Morgendämmerung über den Strand auf sie zu geeilt, die lacht und winkt: »Schalom, meine Freunde! Ich will mich nur noch rasch verabschieden!«

Er läuft auf sie zu und umarmt beide stürmisch. »Johanna! Vincent!«

»Jerry!«, ruft Johanna. »Ich weiß gar nicht, wie wir dir für alles danken sollen! Es war wunderbar mit dir!«

»Es war wunderbar mit euch!«, sagt Jerry. »Aber Johanna – du siehst müde aus ... Und Vincent – bist du krank?«

»Wir haben wenig geschlafen ...«, sagt Johanna.

»Passt auf euch auf! Ich darf meine Fähre nicht verpassen! Aber wir sehen uns in München! Johanna, du hast meine Adresse! Ihr besucht mich! Ich wohne ja gleich ums Eck von euch! Es gibt israelisches Essen! Das beste auf der Welt! *Spicy Hummus!* Da besprechen wir alles! Den Synagogenbesuch! Die Vorträge an den Schulen! Die Stolperstein-Aktionen! Alles! Alles! Ich habe viel mit euch vor!«

Jerry umarmt beide ein zweites Mal heftig: »Also bis bald, liebe Freunde! *Toda raba!* Schalom!«

Schon im Gehen dreht er sich noch einmal um und ruft: »Und noch ein Tipp zum Abschied: Falls ihr einen schönen Ausflug machen wollt in die Berge – in der Nähe von *Cervione* gibt es so einen kleinen Wasserfall. Vor zwanzig Jahren war ich mal dort. *L'Ucelluline.* Vögelchen heißt das, glaub ich. Wenn man da einen Pfad hochsteigt, kommt man zu einem Becken. Das Wasser darin ist unfassbar kalt. Aber eine großartige Atmosphäre ist da oben. Das hab ich noch immer in wunderbarer Erinnerung. Das war so sanft und so innig. Ergreifend. Wie das Säuseln auf dem Berg Horeb. Ja, ich versprech euch, da droben könnt ihr dieses Säuseln hören! Die Stimme Gottes! Schalom, meine Freunde! Schalom!«

Von Ludwig Steinherr außerdem erschienen

Johanna und Vincent, beide Ende fünfzig, fahren zum ersten Mal ohne ihre erwachsenen Kinder an den Gardasee. Beide fühlen sich durch die neue Situation in einem Schwebezustand. Vincent hat als Lektüre »Der alte Mann und das Meer« dabei. Das Umschlagfoto erinnert Johanna an ihren Vater, der Hemingway sehr ähnlich sah und vor über vierzig Jahren ertrunken ist. Diese Assoziation löst Bilder in ihr aus. Sie versucht – was bisher ein Tabu für sie war –, ihrem Mann von dieser schweren Zeit zu erzählen und ihm zu schildern, wie sie selbst als verzweifelte Siebzehnjährige war. Vincent ist immer stärker fasziniert von dieser unbekannten Seite seiner Frau. Die Situation eskaliert, als Johanna ihm in einem Café ein Mädchen zeigt, das ganz ähnlich ist, wie sie damals war.

140 S., Hardcover mit Schutzumschlag, ISBN 978-3-96233-372-0